2급
비밀

KB194799

2급 비밀

초판인쇄 ㅣ 2025년 03월 20일
초판발행 ㅣ 2025년 03월 25일

지 은 이 ㅣ 박상진
펴 낸 이 ㅣ 배재경
펴 낸 곳 ㅣ 도서출판 작가마을
등   록 ㅣ 제 2002-000012호
주   소 ㅣ 부산시 중구 대청로141번길 3, 501호 (중앙동, 다온빌딩)
         T. 051)248-4145 F. 051)248-0723 E. seepoet@hanmail.net

ISBN 979-11-5606-281-3 03810   정가 13,000원

※ 본 도서는 2025년 부산광역시, 부산문화재단 지역문화예술특성화지원 '부산문화예술지원
사업'으로 지원을 받았습니다.

2급 비밀

박상진
시집

도서출판
작가마을

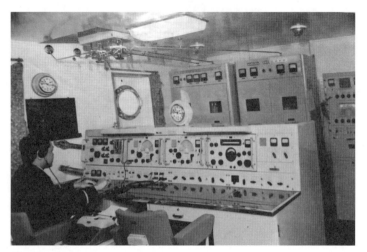

선박통신실

시인의 말

꾹꾹 다지듯 자신과 약속했던 지난날
책갈피에 끼워 다잡았던 마음들
뜻대로 이루지 못했을지언정
결코 미련이나 후회는 없지만

어제는 말할 것도 없고
내일도 부질없어
오로지 오늘에 충실 하는 것이
소명이라 생각하며
살아 온 모든 것들 중
대단한 것은 아닐지라도
아무나 겪을 수 없는 독특한 나만의 비밀

펼쳐 보이기엔 턱없이 부족하지만
돌이켜보면 삶의 소중한 일부분이었고
그나마 훈풍 불었던 그 시절
고이 접어 마음 깊이 묻어두고 지낸
세월도 덧없이 흘러
2급 비밀취급 인가증의 소멸시효도
어느새 끝난 마당
케케묵은 포장지 조심스레 풀어봅니다.

차례 _ 박상진 시집

시인의 말   005

1부 ● 시곗바늘 사이로

누구 없소	015
억새꽃밭에서	016
파도 소리	018
시화 앞에서	019
시곗바늘 사이로	020
인동초 옆에서	021
배추밭 풍경	022
효자손	024
바닷가에 앉아서	025
폭우 속에서	026
채송화 앞에서	027
고향집	028
삶의 향기	029
9월의 소리	030
겨울 나그네	031
일출을 보며	032
옛 집터에서	034
보리볼똥을 찾아서	036
눈물 고이는 이유	038

2부 얼기미 인생

나이 숟가락	041
빨랫줄을 보며	042
매미 소리	043
아궁이 앞에서	044
붉새	046
빈손	047
얼기미 인생	048
봄의 들창에서	049
가로수 밑에서	050
봄오는 창	051
나의 하루	052
푸른 하늘 아래서	053
제3의 눈	054
단풍나무	055
시작이 반이다	056
군자란	057
민들레를 보면서	058
동장군 머물던 자리	059
여름날 풍경	060
하굣길 길동무	061

3부 ● 초가을 오후

유자나무	065
묵정밭을 보면서	066
손전등	068
숲속의 민낯	070
거미줄	072
남은 그림자	074
지청구	075
예나 지금이나	076
단비 내리는 날	077
사라지는 것들	078
초가을 오후	080
빨래터에서	082
숲속에서	084
낚시의 의미	085
세양풀을 보며	086
섬진강 휴게소에서	088
참나리꽃을 보며	090
귀뚜라미	091
밥상 앞에서	092
발자국을 보며	093

4부   간출여에서

낚시, 112 – 코펠밥을 지으며   097

낚시, 111 – 금오도 미포에서   098

낚시, 15 – 간출여에서   100

낚시, 44 – 일종고지 가는 길   102

낚시, 109 – 여름의 문턱   104

바다, 35 – 개가 운다   106

바다, 14 – 갈매기   108

낚시, 108 – 새벽 새소리   109

낚시, 113 – 연도교에서   110

바다, 36 – 사라진 선창가   112

낚시, 85 – 전복의 향기   113

낚시, 89 – 초삼섬에서   114

낚시, 93 – 커피의 변신   116

낚시, 101 – 사량도의 자갈밭   117

낚시, 95 – 사발게이   118

낚시, 32 – 떨고 선 낚싯대   120

낚시, 47 – 갯바위의 여명   122

바다, 11 – 파도의 사랑   123

바다, 29 – 그랜드페리에서   124

바다, 39 – 수평선을 보며   126

5부 ● 늘 푸른 나무

통영 케이블카	129
문턱	130
봄비의 추억	131
나침반	132
가을날	133
균형의 미학	134
갯강구의 하루	135
머물렀던 자리	136
참나무를 보면서	137
석양길의 방랑자	138
봄비를 맞으며	139
불타는 아침 하늘	140
늘 푸른 나무	141
이젠 보았네	142
고무풍선의 추억	143
낚시꾼의 풋사랑	144
지푸라기 인생	145
문어를 보며	146
징검다리	147

6부 ● 산문 엿보기

2급 비밀   151
하나뿐인 밥줄   173
운명의 물결   180
나의 할머니   194
낚시의 묘미   199

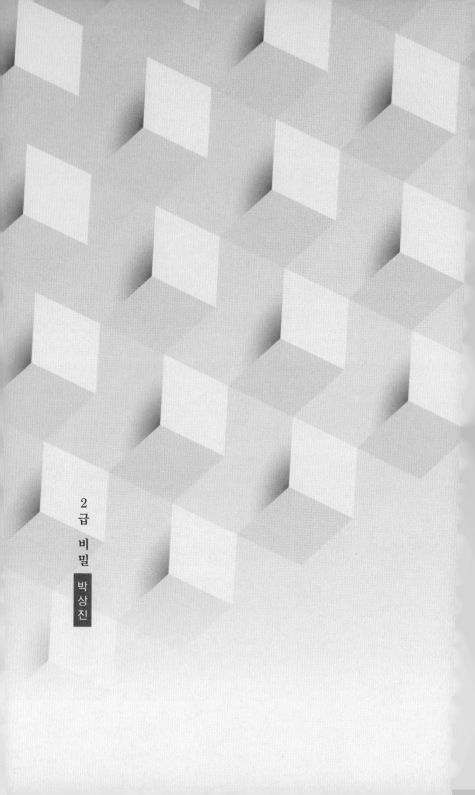

2급 비밀

박상진

1부

시
곗
바
늘 사
이
로

누구 없소

제대로 산답시고
세상과 씨름하며 헛발질하다
너덜거린
하루를 내려놓는 시간

거친 바람 불 때마다
배려 없이 내뱉었던 입과
거슬린 말들만 유독 달라붙던
귓바퀴까지 문질러

몸에 배인 찌든 짠 내
말끔히 씻고
몇 번이나 헹궈
뽀송뽀송 닦았건만

해는 기우는데
질척인 벌판 헤매다 묻을 대로 묻은
손끝도 닿지 않는
가슴속 얼룩은 누가 씻어 주리오

억새꽃밭에서

무심코 걷다 종아리 베이고
보드라운 꽃술 잉태한
억새 삐비 뽑아 먹다 손가락 베이던
그 시절도 그립지만

만발한 억새꽃 무더기
집채만큼 베고 지고
밤잠 아껴 꼰 새끼줄로 엮어
갈퀴로 밑동 다듬던 이엉 다발

사다리 후들거리도록 메다 올려
동지섣달 찬 바람에
서답판*으로 두드린 가지런한 처마 끝
잘 깎은 밤톨 같던 억새 지붕

삼사 년 끄떡없었는데
너나 나나 한물간 세월

그저, 가을 들판 대명사일 뿐

묻어둔 그 시절 잊혀질까 아쉽다

* 서답판: 빨래판의 통영 방언.

파도 소리

눈 뜨면 마주치던 가난
허기진 어린 눈망울
하루도 쉴 날 없던 어머니

개발길* 막힐까봐
봉창문 여닫으며 애태우시던
바로 그 개* 우는 소리

산산이 부서지는 밤벌레 소리 넘어
끊어질 듯 이어지는 바다의 소야곡
반백 년 지나도록 그리운 얼굴

떠오를 듯 말 듯
꿈길에나 만날까 살며시 눈감는데
저 달은
누구를 보고 싶어 밤새워 불 밝히나

* 개발길: 해산물 채취를 위한 길.
* 개: 바닷가.

시화 앞에서

속마음 트자고 찾아왔건만
겉멋에 취해
비뚤배뚤 춤추는 캘리그라피 무도장

춤꾼에 가려진 시어詩語 만나려면
한 자씩 눈도장 찍고
귀를 바짝 붙여야 들릴 처지

사무친 정이 눈물겨운 시문詩文
어렵사리 껴안지만
긴가민가 쑥덕거리는 가슴들

내 마음 어쩌라고
어울리지 않는 춤사위만
해지는 줄 모르고 야단법석이네

시곗바늘 사이로

백로白露 옆구리
쿡 찌른 시계바늘* 사이로
차고 넘치는 귀뚜라미 소리
갈바람에 설레는 흰 머리칼

평상 위
빠알간 고추도 질색하는
흠뻑 내린 밤이슬
아예 고개 돌린 벼 이삭

억새꽃 풀 냄새 가득 찬 이 밤
밤낮으로 끼고 살던
선풍기 보란 듯
달빛 벗 삼아 외고 펴고 살련다

* 시계바늘: 저자의 의성어적 표현.

인동초 옆에서

기댈 곳 없는 돌담장 타고
바람에 부대끼며
한겨울 삭풍에도 지켜낸
몇 안 되는 푸른 잎사귀는
아픈 몸에 온갖 풍파
이겨내시던 어머님 모습

그윽한 꽃향기는
내 가슴 채우고 사방으로 퍼져
순백의 처녀 신방 차리더니

혼인 빛깔 치자색 옷은
허기진 벌 나비
헛수고 덜어주는 어진 마음씨
먹었다며 빈말하던 박물 장수 앞에
짐짓 못 들은 척
밥상 차리시던 큰어머님 마음

배추밭 풍경

덜덜거리는 유모차 끌며
애써 가꾼 배추밭은
한없이 날고 싶어
슬그머니 숟가락 걸친
배추흰나비 애벌레의 작은 세상

허기져 밤이슬 밟은 벌거지[*]
염치는 있어
배춧잎 밑동에 숨어보지만

숭숭 뚫은 구멍 길 더듬는
솔 껍질 같은 할머니 손길
가까스로 피했더니
나나니벌이 샅샅이 뒤지고
참새 주둥이까지 기웃거리는데

얽히고설켜
탈도 많은 배추밭 세상

정녕 배추는 누구 편일까

*벌거지: 벌레의 통영 방언.

효자손

등짝의
급한 불은 껐지만
치마끈 졸라매고
보릿고개 넘으시던 어머님
거친 그 손길만큼
시원하진 못해도
이름값은 하더라

손 내밀면
언제든지 다가와
미덥기도 하지만
세상살이 땟자국
덕지덕지 달라붙어
찌걱거리는 내 머릿속은
무엇으로 긁어야 하나

바닷가에 앉아서

바닷물과 바위는 가끔씩
다시는 안 볼 듯
거품 물고 박 터지게 싸우고
바다와 수평선 그은 하늘은
허구한 날
밤낮으로 뒤엉켜 아옹다옹해도
천년만년 살더라

변덕쟁이 바람은
물결 살점 하얗게 부서지도록
때리고 밀치고 비틀어
걸핏하면 못살게 굴어도
아예 떨어질 줄 모르는데

마냥 좋다며
수시로 만나는 바다와 나는
길어봐야 고작 수십 년
그것은 분명 저들에게 없는
나만의 한 가지 욕심 때문일 거야

폭우 속에서

쏟아지는 초가지붕 낙숫물에
난데없이 떨어져
팔딱거리던 미꾸라지 7마리
줄지어 길 찾던 물거품 따라
마당 가로지르던 컴컴한 한낮
닥치는 대로 전답 휩쓸었던
그날 같은 폭우 소리

거칠게 몰려가는 빗줄기 넘어
겁에 질린 아이처럼
동매산은 우두커니 선 채로 젖고
유리창 두드리는 빗소리에 질세라
베란다 우수관도 콸콸거리는데

미적거리다 데워진 온난화 세상
참았던 눈물인가
한계점에 도달한 마지막 경고인가
어린 시절 그때 같은
물난리 날까 심히 두렵다

채송화 앞에서

담장 밑 소담스런 채송화
키 작을 뿐 웅크린 건 아니지
눈높이 맞추라며
날마다 피고 지고 반겨주는 꽃

야속한 땡볕에 목말라도
기름진 텃밭 바라지 않고
이겨내려 발버둥 치던
지난날 내 청춘같이

화들짝 피었다 사라진
앞산 벚꽃들보다
자고 나면 다시 피는
꼿꼿한 네가 볼 때마다 부럽다

고향집

태풍이
밧줄로 꽁꽁 묶은 이엉 앗아가듯
쏜살같은 세월
초가지붕이 슬레이트로
다시, 푸른 양철지붕

내 아린 지난날 찾아왔건만
한 치 밑
허리 굽은 서까래에 얹혀살면서
옛일 따윈 묻지도 말라는 듯
하오의 햇살에 깔깔거리고

황톳물 치장 흔적 고이 간직한 채
그 옛날 어머니 종아리 같은
주름진 야윈 기둥과
담쟁이덩굴 뒤덮인
기울어진 돌담만 나를 반기네

삶의 향기

내려놓자 놓자 하지만
욕심 없이 살 수 있는가
불어야 바람이고
치지 않으면 파도가 아닌데

지나친 욕심은
사람 것이라 할 수 없지만
먹고 살아갈 만큼도
욕심 없는 사람 있던가

너도 나도 살기 위한
온갖 욕심 중
그래도 가장 향기로운 것은
앞만 보고
열심히 흘린 땀 냄새가 아닐까

9월의 소리

깊은 밤 선잠 깨니
끝없는 귀뚜라미 소리
물결치는 내 마음
은하수가
달빛 위에 구르는 듯

밤공기 타고
내 영혼 깨우는 극락의 화음
달빛보다 더 밝다

이왕 오실 거
이슬 밟기 전에 오시라
님 부르는 귀뚜라미
밤을 메운 사무친 그리움
내 가슴에 쌓이는 가을밤 소리

겨울 나그네

성큼성큼 온다는 걸
낙엽 진 바짝 마른 산비탈
눈비 올 때 짐작했었지

이불 밀치고 보니
하늬바람 앞세운 그대 발소리
겁에 질린 들판 뻣뻣 굳었는데
한술 더 떠 얼음판 덮고 누운 강물

수도관 깨트리고 나온 물줄기
도망질은커녕
길바닥에 냉큼 붙잡힌 허연 속살
퍼질러진 반질반질한 골목길

하루 벌어 하루 사는 벙거지
핑 돈 눈물 훔치며
벽 붙잡고 발끝 세운 게걸음
한낮이 빙판에 미끄러지는데
무심한 나그네는 본체만체 하더라

일출을 보며

새로운 대문을 나서는 걸음
평탄한 길이면 좋으련만
누구는 한껏 가슴 부풀고
누구는 근심 걱정 앞서는 하루의 시작

무엇을 만나 어떤 것을 느낄지
아무도 모르는 길이지만
짹깍거리는 세월 소리 멈추지 않는 한
분명 어제와는 다를 것

끝없는 노력과 의욕만으론
쥐락펴락해도 시원찮은 세상살이
걸음걸음 부대끼고 고달파도
지나고 보면 별것 아니었지만

도전해서
밑져야 본전이면 최선을 다할 뿐
돌아보지 않으리라

굳게 다짐했던 어린 시절

그 약속 아직도 유효한지

솟는 새날이 장엄하게 나를 비춘다

옛 집터에서

사르팍* 감쌌던 돌담처럼
폭삭 주저앉은 지붕
곰삭은 잡풀만 뒤엉킨 폐허

뻘겋게 썩은 보리밥에 홀려
먼 길 떠난 할바시* 따라
차례로 떠난 식구들에 기막혀

짝수발이* 걸터앉은 반달 붙잡고
제발, 이겨낼 힘을 주소서
남몰래 눈물 삼키며 간절히 기도한
어린 마음도 삭혀버린 세월
웃음소리 자지러진 별빛 품에
노닥거리던 감나무가지
환한 달빛에 미소 짓던
초가지붕 박꽃도 그리운데

내 마저 떠나면

애잔했던 지난날은 누가 기억할까

* 사르팍: 대문간.
* 할바시: 할아버지.
* 짝수발이: 위쪽 가지가 여럿인 나무 기둥.

보리볼똥*을 찾아서

바닷바람 불 때마다
뒤집히는 잎사귀의 속 빈 호들갑
한 줌 흙도 아쉬운 바위틈
상처 난 몸은 세월의 흔적

보리 이삭 필 때를 기다린
자비로운 붉은 살점
주렁주렁 달린 가지 토막은
소꿉친구들에 자랑거리였고

먹을 것 지천인 세상에
토라져 용심 난 기후 탓인지
철부지 낫질로
염소 우리 냉큼 집어던진
해묵은 앙갚음인지

눈 씻고도 찾지 못한 볼똥
보리 이삭 다 익는데

군침 돈 입맛만 남긴

허탈한 발길에 밟힌 그리움

* 보리볼똥: 봄에 익는 보리수의 통영 방언.

눈물 고이는 이유

울음 삼킨 작별이나
서럽도록 타박 받은 적 없고
특별히 눈물길도 뚫었는데
시도 때도 없이 차오르는 눈시울

부는 바람 때문도 아니고
연속극을 봐서도 아닌데
주책없이 넘쳐

눈꺼풀 따갑도록 닦아내며
가끔씩 잊고 산
나 아닌 나
칠십 줄에 올라탄 세월의 탄식

2부

얼
기
미
인
생

나이 숟가락

한 해,
가고 오는 것은 제 마음
뭐라 할 수 없지만
먹고 싶었던 어린 시절
멀뚱멀뚱 외면하더니

손 짚고 일어설 만큼
배부른 줄 뻔히 알면서
왜 자꾸 억지로 먹이려는지

입맛 당기던 동지팥죽
일부러 마다하고
삯 주고 검버섯도 없앴는데
이거 참 야단 났네
막무가내 들이대는 나이 숟가락

빨랫줄을 보며

바지는 바지대로
치마는 치마대로
살아 온 얼룩 말끔히 씻고
꿈꾸는 새로운 일상
내리쬐는 햇볕에 맡긴 몸

어차피 가야 할
시장기* 널브러진 생활전선
헤집고 누비느라
흘린 땀에 찌든 고달픔
잔뜩 묻을 줄 뻔히 알면서도

빨랫줄 걸터앉아 시름 털어내며
산들바람 그네 타는
빨랫감의 산뜻한 웃음소리
내 마음도 씻겼나
티 없이 맑은 푸른 하늘 더 높다

* 시장기: 배고픈 기운.

매미 소리

낮에 우는 매미는
땅속 세상도 마다 않고
악착같이 살았으나
기대했던 땅 밖 세상
짧은 생애가 원통해서 운다지만

밤에 우는 매미는
대낮 같은 불빛과
경쟁 부추기는 질펀한 소음에
속은 것이 서러워
송곳처럼 나의 잠을 찌르는데

누가 누굴 탓하랴
목숨같이 귀한 시간
울고 싶어 울겠는가
올 것이 왔다는 듯
멀찌감치 팔짱 끼고 흘겨보는 열대야

아궁이 앞에서

시뻘건 불융거리
돌 위에 걸친 모태*
굵은 소금 철철 뿌려
등이 쩍 갈라지게
아버지가 구워주신 신짝볼락*
입술 번지르르하게 먹었던 그 맛

헛불 지피던 시절
유별난 장마, 큰집엔 젖은 나무
기침 심한 어머님께
바짝 마른나무만
챙겨 져다 주신 사촌 형님
그 마음, 하나도 갚지 못했는데

모두 먼 길 떠나고
하다못해 군불 지필 일도 없는
길 잃은 부석*과
갚을 해묵은 빚만 잔뜩 짊어진

지친 내 마음인 듯

켜켜이 눌어붙은 천장 그을음

* 모태: 석쇠의 통영 방언.
* 신짝볼락: 신발만큼 큰 볼락.
* 부석: 아궁이의 통영 방언.

붉새*

잠 깨우는 요란한 산새 소리
창문 여니
활활 타오르는 동매산 능선 하늘

심술궂은 열대야
채 가시기도 전에
구름 속 치솟는 불길

해뜨기 전부터 시뻘겋게 달구니
죄 없는 땀수건
또 몇 번이나 비틀지

밝아오는 동녘엔
타다 남은 잿무더기
한줄기 소낙비는 오늘도 걸렀구나

* 붉새: 아침노을의 통영 방언.

빈손

세상을 잡겠다고
움켜쥐면
손가락 사이로
빠져나가 아무것도 없고

손바닥 활짝 펴면
이미 잡혀있었다는 것
어릴 적부터 알았지만

이도 저도 할 수 없어
마음 비워
두 팔로 감싸니
비로소 가슴 가득 차더라

얼기미* 인생

쓰려고 모으지만
할머님 말씀처럼
들어오는 족족 나갈 팔자인가

버스비 아꼈더니
편도선이 물어가고
횡재구나 싶었는데
눈이라도 달렸는지
딸내미 시집갈 때 가마 타고 가더라

가마솥 누룽지 긁듯
빡빡 긁어모아도
한 입 거리 될까 말까지만
얼기미 물 빠지듯 나갈 핑계만

거식증 걸린 살림
뱃가죽이 등짝 붙어 골골하면서도
채우기는커녕
자나 깨나 딴 생각
다 늙어 한눈팔까 두렵다

*얼기미: 어레미 또는 얼개미의 통영 방언.

봄의 들창에서

콧잔등 찡하게 매운
하늬바람에 주책없이 흘린 눈물
옷섶 파고들던 차디찬 한기도
수줍게 핀 한 그루
홍매화로 마침표 찍는구나

창끝처럼 매서운 나날
움츠렸던 베란다 준밥꽃대*
망설이다 고개 내밀더니
어느새 양팔 벌려
앙증맞게 나를 반기고

한 줌도 안 되는 겨울 햇살에
붉게 타던 동백 꽃송이
송두리째 떨어지더니
꿈쩍 않던 잎눈도
생기 돈는 내 마음같이
두 주먹 불끈 쥐고 기지개 켠다

* 준밥꽃대: 춘란 꽃대의 통영 방언.

가로수 밑에서

햇볕 내리쬐던 삼복더위에도
겹겹이 껴입고 건널목 지키던
너의 그늘 찾아
목덜미 흥건한 땀방울 훔쳤고

살 에이는 찬바람 설치는 지금
햇살 한 줌이라도 더 쬐라고
벌거벗은 몸뚱이로 떨고 선
너의 마음도 모른 채
비쩍 마른 그림자만 봐도
못 볼 것 본 듯 피하는 내 발길

날마다 오가는 길이었지만
건널 생각만 했지
신호등 바뀌는 순간만큼이라도
너의 마음이었던 적 있었던가

봄 오는 창

커튼 젖히니
쏟아져 들어오는 아침햇살
기나긴 겨울에 쌓인
유리창 얼룩 너머로
다가오는 반가운 봄기운

섣달그믐 초롱 씻던 마음으로
유리창 묵은 땟자국
물로 씻을지 걸레질할지
착잡한 마음인데

대보름날 메구* 치듯
벅구* 넘으며 깨춤 추는
거실 한자리 차지한 햇살 속
반짝거리는 저 먼지들은 또 어쩐다지

* 메구: 풍악놀이의 통영 방언.
* 벅구: 풍악의 일부 기술.

나의 하루

가뭄 심하던 때
밤잠 아껴가며
우물 바닥 긁어 올린 두레박질

흙탕물 가라앉힌 물은
한 방울도 소중했건만
틀면 철철 쏟아지는
수돗물 귀한 줄 모르듯

눈만 뜨면 만나는
숱한 사람도 소중한 인연
잡을 줄도 모르니

저물어 가는 마실 길
녹쓴 수도꼭지
이제라도
잠겼는지 풀렸는지 챙겨 볼 일이다

푸른 하늘 아래서

스윽 문지르면
푸른 물 베어 날 것 같은 하늘
듬성듬성 뜬 흰 구름
여름 떠난 빈자리엔
티 없이 맑은 바람결
고개 숙여 나긋이 속삭이는 벼 이삭

가을 기운 가득한
지난날을 굽이굽이 꼽아보니
그나마 다행인 것은
일렁이는 나락 잎에 기댄
배부르고 등 따신 메뚜기 한 마리
익어가는 가을 햇살 눈 시린 오후

제3의 눈

땀방울 훔치듯
놀이터 쓸고 있는 빗자루
바닥과 벽면 틈새
띄움 띄움 서 있는 잡초들

빗자루 끝이
밑동 스칠 때마다
아무 말도 못한 채
잎사귀만 바들바들

그냥 뽑고 쓸면 그뿐인데
못 본 척 하는
빗자루 잡은 팔뚝
너는 분명 깊은 뜻이 있겠지

단풍나무

부메랑의 꿈을 믿는 씨앗은
창창한 앞날 향해
뱅글뱅글 춤추면서 떠나고

돌아올 수 없는
아득한 길을 갈 잎사귀는
피멍 든 마지막 힘까지 짜내
바들바들 매달리다
체념한 듯 뚝 떨어지는데

어차피
모두 보내야만 하는
가슴 미어지는 단풍나무
갈바람에 아린 가지 끝동이 붉다

시작이 반이다

찬바람 몰아치던 겨울 내내
단단히 벼르고 기다리더니
보송한 속눈썹 사이로
돌돌 말아 밀어 올린
봄볕 마중 나서는 동백잎사귀

버선발로
바람 부는 신작로 첫발 내딛는데
꽃길만 있겠느냐
굽이굽이 숨찬 비탈길도 부지기수

그래,
어차피 가야 할 길이라면
모질고 독하게 살아봐라
내리 불고 치부는 바람 속
그래도 한평생 살아는 봐야지

군자란

화분 벗어나고 싶어
사방팔방 뛰쳐나오는 깨금발
짙푸른 잎사귀 사이로
넌지시 베란다 창문 넘보더니

작정한 듯 힘차게 솟구친 꽃대
진홍색 나팔 다발은
바깥세상 향한 아우성
신성하게 타오르는 염원의 불꽃

처음 만난 탁 트인 제주 바닷가
해풍 찾아갈 그날 손꼽으며
신발 끈 묶고 있겠지만
간다 한들 잊힐 것이며
진다 한들 다시는 안 필 것인가

민들레를 보면서

힘차게 솟구쳐
활짝 핀 샛노란 꽃송이를 보라
그 누가 네 앞에서
처지를 핑계 삼을 수 있겠는가
경칩도 멀었건만
흙도 아닌 시멘트 틈새
짙푸른 잎사귀마저 대단한데

비바람에 얻어맞은
삐걱거리는 내 무릎도
섣부른 핑계일 뿐
거친 세상 당당히 걷다 보면
적어도
억새꽃 한 떨기는 피울 거라며
봄볕이나 알뜰히 챙기라는 민들레꽃

동장군 머물던 자리

밀감나무 해묵은 잎사귀 떨구듯
껴입었던 두꺼운 외투
내의도 벗어
한결 숨쉬기 보드라운 봄기운

꽁꽁 싸맸던 마음은
언제 그랬냐는 듯
기지개 켜는 동설화에 질세라
활짝 핀 동백꽃에 비할까

흔들리는 가지에 바들거리며
님 기다리는 매화 보듯
안개비 알알이 끼워 엮은
실바람에 간들거리는 거미줄
잠 깬 창가에서 오불지게* 보고 싶다

*오불지게: 오달지다의 통영 방언.

여름날 풍경

땡볕 이글거리는 바닷가
줄기차게 밀려오는 파도
사이사이 솟구쳐 들이치는
거친 파도 소리도 소리지만

햇살보다 따갑도록
떼창하며 짝 찾는 을숙도 매미
낮게 나는 비행기 소리에도 질세라
기를 쓰고 목청 돋우고

나락잎도 흥겨워 덩실거리는
따가운 햇볕이 쏟아낸
진초록 물결
여름날 합창에 후끈 달아올라
소낙비 맞은 듯
그늘 찾는 목덜미 땀방울 흥건하네

하굣길 길동무

친구들은 저만치 앞서가지만
왔으면 반듯이 가야 하는
바람 앞에 간당거리는 목숨
내일보다 이 순간을
알차게 사는 법 찾느라
따라붙을 생각조차 못했다

솔방울 툭툭 차며 걷던 산길
돌 틈새 돋아난 잡초
흙을 두고 왜 여기 태어났고
하필 이 시간
굳이 할 말이 무엇이냐 물었다

길고 짧음의 차이일 뿐
어차피 누구나 한 번 사는 것
여기면 어떻고, 저기면 어떠랴
모든 것 마음먹기 달렸더라
귀띔하던 길동무
초등학교 내내 가슴 깊이 되새겼다

2급 비밀

박상진

3부

초
가
을

오
후

유자나무

칡넝쿨아
가꾼 손길 떠났다고 이러지 마라
외면도 서러운데
너까지 휘감아 숨찬 나도
한창 청춘일 땐 너보다 잘났었다

황금빛 향기 갈바람에 나부끼고
청청한 잎
잔칫상 콩고물과 놀았느니라.

으스대지 마라
이 몸마저 쓰러지면 네 꿈도 처량타
기세 등등 뒤덮어도
차면 기우나니
언젠가는 오늘을 후회할 날 있으리

묵정밭을 보면서

보리쌀 한 되
고구마 한 바가지에 울고 웃던
배고픔 덜고자 산비탈 일굴 때
주린 배 근근이 달래던 삼 년 세월
삼동*마다 쏟은 삼부자의 열정

애꿎게 닳고 부러진 곡괭이
버린 싸리나무소쿠리는 얼마였던가
수없이 덧기워 너덜거린 두둑바지
짓무르고 터진 손바닥
헝겊 질끈 동여매고
골라낸 돌덩이로
언덕 이루던 초밭자리* 너드랑*

거친 콧김 내뿜으며 비탈밭 갈 던
소 따라 떠난 삼부자
엄동설한 흘린 땀방울
묵정밭도 서러운데

도로 숲이 되는 세월 앞에

너도나도 맥없어

불어오는 바람마저 자나 깨나 서럽다

* 삼동: 한겨울의 석 달.
* 초밭자리: 겨울에 소가 먹을 풀밭.
* 너드랑: 너덜의 통영 방언.

손전등

전깃불 없던 시절
외항선 타시던 고모부
사르팍* 밖 변소길 밝히라며 주신
이름도 처음 들은 신기한 후라시*
학교 갔다 큰집 들어설 때
할아버지께서 성냥통 가져오라셨다

불씨 꺼진 화로 옆 무릎 괴이고 앉아
후라시 불빛에 담뱃대 대고
볼우물 깊게 패이도록 빨고 계시며
불이 붙지 않는다고 하셨다

정말로 변소 길만 고집했는지
할아버지 담뱃불 거절하더니
사촌 형 따라 간 밤볼락 낚시
나들이에 복수하듯
바닷속으로 굴러 멀어지는 불빛
볼락 떼 눈요기만 시켜주고 가버린

야속한 후라시

깜깜한 어둠에 갇혀 오도 가도 못할 때
할아버지께서 앞산 먼 당 소 먹이며
들려주신 무시무시한 문어 다리가
당장 물속으로 끌고 갈 것만 같아
자꾸 다리 끌어당기던 그날 밤

* 사르팍: 대문간의 통영지방 방언.
* 후라시: 손전등.

숲속의 민낯

창문 밖 걸어두고 싶은
금오도의 짙푸른 숲
산들바람 깔깔대며 노닥거리는
우듬지 나뭇잎 세상과
달라도 너무 다른 숲 바닥

풀 한 포기 없이 어두컴컴한
휑한 산비탈
머리끝 쭈뼛 서는
삭막한 잿빛 나무 기둥
바람길 막고 선 음산한 거미줄
서러움 층층 쌓인
낙엽의 퀴퀴한 신음 소리

살아보려 발버둥 치다 사라진 영혼
튀어나올 것 같은
으슥한 밑바닥과
짓밟고 선 자의 환호가 공존하는

겉 다르고 속 다른 이 숲처럼
크고 작은 세상살이
겉만 보고 모를 일

거미줄

한풀 꺾인 여름인데
높다란 소나무 가지에 닻 걸고
물꼴 좋게 어장 펼쳐
흔들리는 나뭇가지 따라
구름 간에 그네 뛸 때
한바탕 이는 소동

당당하게 길 막은 무허가 심보
침입 죄로 걸린 고추잠자리
지나가는 길이라고 바둥거리자
통행세 내라며 동여매는데
말이 통행세지
세상 전부를 뺏으려는 데도
무심한 바람은 나뭇가지 흔들고
나뭇가지는 거미줄만 흔드는 세상

누구에겐 당연한 집이고
누구에겐 덫이라

무심코 딛는 내 발길에

개미들이 밟히고

돋는 싹 짓이겼듯이

생각 없이 뱉는 말

누구에겐 독한 가시가 아닐지

남은 그림자

햇살 들이켜 보고
가슴 두들겨 봐도
지워지지 않아

파도에 문지르고
파아란 하늘에 헹궈도
남는 얼룩

찌든 세월
없앨 수 있으랴만

달빛에 씻긴
박꽃이 부럽구나

차라리
새소리 좋은 날
솔솔바람에 말려나 볼까

지청구*

데면데면 살아도
기대하며 살았는데
믿은 내가 바보라서
불쑥불쑥 고개 드는 심통

사람같이 사는 세상
말이나 말던지
하마나 그날 올까 날마다 기다려도
자고 나면 그 자리 보던 그 모습

바람아 구름아
산 너머 들녘엔 어찌 살더냐

허구한 날 속고 사느니
티격태격 살아도
마음껏 속 시원히 살아봤으면

* 지청구: 까닭 없이 탓하고 원망하는 것.

예나 지금이나

놀이 삼아 주물러주는
앙증맞은 고치미* 손길
문득 떠오르는 어린 시절

모진 바람결에 울던 문풍지 같은
잊지 못할 사량도의 겨울밤
고질병 시달리시던 어머님 팔다리
밤만 되면 왜 그렇게
가마솥처럼 펄펄 끓었고
고통스런 김을 토해냈었는지

발치머리 놓인 얼음물 적신
수건으로 주무르다
밤 깊은 줄 모른 채
신음소리 따라 들락거렸던 세숫대야
꾸벅꾸벅 졸았던 아픈 기억 속

'할아버지 시원해?'
손녀 말에 번쩍 든 정신
예나 지금이나 이래저래 미안타

* 고치미: 고비나물.

단비 내리는 날

초가을부터 끊긴 소식
손꼽아 기다리며
하늘만 쳐다보던 동백 꽃봉오리
마지못해 피었다 시들어 가는데

새벽녘에 슬며시
목마른 동백나무 흠뻑 적셔놓고
토닥토닥 두드리는 낙숫물 소리
움츠렸던 내 마음도 싹튼다

흙먼지 풀풀 날리는 가슴속
촉촉이 적셔줄 나의 단비는
도대체
어디에서 한눈팔며 언제쯤 온다더냐

들은 체 만 체
베란다 유리창에 미끄럼만 타는 빗물

사라지는 것들

부럼 깨고 더위 팔던 정월대보름
서성이는 동장군 옷깃 잡아끄는
싸늘한 밝은 달 아래
막대기 내리치며 새 쫓고
새끼줄 끌며 구렁이 쫓고
쥐불놀이에 달집 태우며
메구* 치고 지신 밟던 풍습들
그중 으뜸은 쳇밥놀이*

발치에 가난을 달고 살던 시절
하루라도 배부를 수 있게
양동이 대소쿠리로 놀이 삼아 얻은 음식
허물없이 나눠 먹던 쳇밥놀이는
귀밝이 한 잔 술에
굶주려도 내색 못한 자존심 지켜주던
선조들의 뜻깊은 신의 한 수

액운 막는 오곡 찰밥

버짐* 필까 챙겨주던 생선토막
그 정 아직도 아른거리는
보름달은 여전히 크고 둥근데
갈수록 사라지는 대보름날 풍습

* 메구: 농악의 통영 방언.
* 쳇밥놀이: 음식을 얻으려 다니던 풍습.
* 버짐: 피부병의 일종.

초가을 오후

혓바닥 새까맣도록
한 움큼씩 따먹던 먹땡깔* 맛에
비탈밭 고구마덩굴에 걸려 뒹굴어도
부릅뜨고 이랑 따라 찾아다녔는데

오랜만에 너를 만나
반갑기도 하지만
덥석 붙잡지 못하는 것은
세상 따라 변한 입맛 탓이려나

나도 한때
더러 찾아주는 사람도 있었지만
세월의 구정물에 찌들어
나서기도 쑥스러운 한물간 신세

비바람 이겨내며 송이송이 달렸어도
네 신세나 내 신세나
주는 눈길 하나 없는

덧없이 딱한 초가을 오후

* 먹땡깔: 까마중의 통영 방언.

빨래터에서

찌든 가난 응어리진 가슴
막막한 빨랫방망이
퍽퍽 내리치며
손바닥 닳도록 치대어
애꿎은 빨랫감에 화풀이하고

때로는
땟거리 걱정 공납금 걱정
한 푼이라도 아끼려
사분* 칠도 대충대충
조심스레 치대던 작은 세미*

떠나간 방망이 소리 따라
푸념 섞인 잡다한
수다 떠난 텅 빈 빨래터엔
묵은 정막 같은
시커먼 물이끼 덩어리만
실바람과 노닥거린다

* 사분: 빨랫비누의 통영 방언.
* 작은 세미: 작은 우물의 통영 방언.

숲속에서

사는 대로 살다 갈 때
남기는 흔적
같을 수야 없지만

우듬지 화려함은 벌써 잊은 듯
울창한 숲속 텅 빈 산비탈
켜켜이 쌓인 낙엽
밟는 걸음걸음 애달픈 신음 소리

일이 년 살고도 홀연히
세상 짐 내려놓고
부엽토 살찌울 길 나서는데

살만큼 살고도 두리번거리는
내 몸 삭을 땐
세상천지
어느 누가 받아 줄까

낚시의 의미

두고두고 꺼내 볼 일기장이요
집중력 조이는 색다른 공구
다시 풀고 싶은 문제집이며
애타게 보고 싶은 연인입니다

열정 태운 일상의 모닥불에
고달픈 육신 손목까지 부어도
깃털처럼 가볍고 개운한 마음은
주눅 들고 찌든 세상
헤쳐 나갈 한 줄기 삶의 원천입니다

사흘들이 다녀와도 그리운
부들거리던 낚싯대와 힘겨루기 한 판
온몸으로 밀고 당긴 짜릿한 쾌감은
세상 무엇과도 바꿀 수 없는
나만의 가슴 뛰는 참 희열입니다

세양풀*을 보며

고라니 몰이 포수 따라 다니다
멀쩡한 새 고무신 찢어먹고
쫓겨나 웅크렸던 그 담벼락 밑
다소곳 반기는 애기똥풀

동무들과 뛰놀다 다친 상처에
콩콩 찧어
동여매 주시던 할머니
곱게 찌른 비녀 머리 아른거리고

노오란 진을 눈망울에 발라
날려 보낸 매미는
오줌 찔끔 싸며
외마디 내뱉고 갈팡질팡 날아갔었지

구둣솔 같은 까까머리
빛바랜지 오래됐건만
나고 지고 거듭난

세양풀은 지금도 여전히 그대로네

* 세양풀: 애기똥풀의 통영지방 방언.

섬진강 휴게소에서

빈속 채우러 왔을 뿐
들어서는 나에게 손짓하는 벽면

장미는 보자마자 토라지고
들국화는 꾀살
목련은 투정투성이
앓는 이 죽겠다는 해바라기 옆
수선화는 귀찮다며
말도 못 붙이게 하고
단아한 모습 찾을 수 없는 매화에
세상 외로움 다 짊어진 양
하늘 쳐다보며 딴청 피우는 연꽃

다소곳 고개 숙인 갈대꽃 옆
한쪽 벽엔
반가움 가득한 꽃향기에 싸여
행여 누가 볼까 얼굴 가린 채
동구 밖까지 마중 나온 늘씬한 그녀

눈빛 맞추려다
어느새 밥 한 그릇 다 비웠네

참나리꽃을 보며

지독한 속앓이 아문 딱지 같은
까만 점들로 얼룩진 가슴
후덥한 바람 핑계로 훌러덩
장마 속 고개 내민 햇살에 펼쳐놓고
하늘거리는 참나리

나뭇가지에 꼭꼭 숨은 숫매미
얼굴도 보여주지 않으면서
나뭇잎 사이사이 고이 접은
암매미 마음만은 부디 열어주소서
한낮 열기보다 아우성인데

너나 나나 한두 가지 있을법한 허물
보잘것없어도
언젠가는 스며 나올 볼멘소리
차라리 참나리꽃처럼
보란 듯 내가 먼저 장대 높이 매달자

귀뚜라미

서늘한 달빛에
가슴 저미며
무작정 기다릴 것 같아
온몸으로 부르나니
애타는 내 마음 들리시나요

찾아 나설 수도 있지만
못 본 척 할까 봐
그대 발소리 더듬으며
귀똘귀똘
깊어 가는 가을밤 지새웁니다

밥상 앞에서

병석에 누운 어머님
밥숟가락과 씨름하시며
억지로 넘기려 애쓰실 땐
야속하기 짝없는 밥알이었고

입 짧은 딸아이
씹기만 할 뿐 넘기기 싫어
잔뜩 모아둔 밥
뱉어낼 때는 억장 무너졌다

앞니 빠진 손녀 입에
따박따박 들어가는 밥숟가락
야무지게 오물거리는 볼우물
온갖 걱정 사라지고
보는 것만으로 배 불러온다

발자국을 보며

떨어져
삭혀진 낙엽은 거름이듯
어제를 밑천으로 사는 오늘은
누가 뭐래도
내일의 소중한 밑거름

생각 없이 산다면
쭉정이 같은 내일뿐
팔랑귀*는 저만치
무게 추 오늘에 맞추자

요란 떨 필요 있나
주어진 시간 얼마일지 모르나
비바람 병해충에도
묵묵히 걷다 보면
세상살이 반타작은 하지 않을까

* 팔랑귀: 남의 말에 잘 따라 하는 사람.

2급 비밀

박상진

4부

간출여에서

낚시, 112
– 코펠밥을 지으며

구수한 밥맛 기대하며
낚시 갈 때마다 밥을 지어도
각기 다른 맛이었지만
이번 밥만은 기필코

같은 량의 물을 부어도
기후 따라
바람 따라 다르고
식욕 따라 달랐는데

하고많은 사람 중에
어울리는 인연을 짓는다는 것이
복 없는 사람에겐
만나는 것조차도 쉽지 않겠지만

밥 짓듯 정성 다한다면
적어도 생쌀은 면할 것인즉
입맛에 맞지 않을지라도
피가 되고 살이 되겠지요

낚시, 111
 – 금오도 미포에서

눈 시린 햇살 뿜는 선창가
그늘진 시멘트 맨바닥
생각 없이 누웠더니
텅 빈 하늘 옆 늘어진 나뭇가지
산들바람에
싱그러운 자화상을 그리고

산자락 무리 지은 잣밤나무꽃
비릿한 향기
흠뻑 취해 가슴 벌렁거릴 때
천상의 노래인 듯
청아한 꾀꼬리 소리까지 더하여
웬 떡인가 싶었는데
느닷없이 덮친 예초기의 괴성

깨고 싶지 않은 꿈을 깬 듯
밀려드는 아쉬움
꾀꼬리노래 대신 온 동네 뒤덮은

밉상스런 예초기는

땡볕에 악쓰며 잘도 돌아가네

낚시, 15
- 간출여*에서

바람기 없는 바다
홀로 떨어진 열 평 남짓 간출여
비가 묻어온다
그래, 퍼부어라
후련하게 두들겨라
넘치기야

장대 같은 빗줄기에
소름 돋아
창끝처럼 일어서는 수면
드럼 치는 우산 속 귀가 먹는데
복닥복닥 끓고 있는 바다
물보라에 핀 물안개도 수상타

점점 차오르는 바닷물
기척도 없는 낚싯배
어이하랴,
천근만근 젖은 몸

컴컴한 장막까지 둘러치며

거세게 퍼붓는 성 난 빗줄기를

* 간출여: 물 빠지면 드러나는 바위.

낚시, 44
– 일종고지* 가는 길

낚싯대 비켜 메고 배낭 짊어진
발자국 소리에 깨어난 개발길*
낙엽 향기 상큼한데

울창한 동백나무 틈새 넘어
상쾡이* 거친 숨소리에
떼지은 갈매기 날갯짓

나란히 누운 무덤 앞
발끝 모아 인사하고
어복漁福 염원하며 숲 벗어나니
바위틈 움켜쥔 이끼 낀 계단

농어의 다부진 바늘털이에
대물 감성돔도 결투 신청할 것 같은
환하게 출렁이는 일종고지 앞바다
빨간 옷 차려입은 등대도 새롭다

* 일종고지: 금오도의 갯바위 지명.
* 개발길: 해산물 채취 차 다니던 길.
* 상쾡이: 돌고래의 일종.

낚시, 109
 – 여름의 문턱

바람 따라
파도의 방향도 바뀐 세쌍여[*]
푸른빛 짙어가는 물결
강남 갔다 온다는 여름 나그네
머리 위 돌아 나며
가쁜 목소리로 호들갑인데

군불 지피는 햇살
겉옷까지 벗었지만
이마의 땀방울 피할 길 없고
그 많던 볼락은 다들 어디 갔는지

몇 해리를 겁 없이 건너와
얻어먹던 한 쌍의 까마귀는
낚은 것도 없는데
생떼 쓰듯 목청껏 울어대고

출렁이는 파도 넘어 금오도엔

구름 같이 피어오르는 송홧가루

숟가락질도 버거워

눈 딱 감고 짐 싸고 싶은 날

* 세쌍여: 금오도의 외딴 돌섬.

바다, 35
 ‒ 개*가 운다

온종일 울었을 텐데
밥물 끓는 마음도 아니었건만
왜 몰랐을까
깊은 밤
잠을 잊은 갯바위 울음

지난날 한밤중
변소길 다녀오시던 아버지
걱정스런 목소리로
개가 와이리 울어샀노 하시며
방문 닫으시더니

울어도 달랠 수 없고
물어볼 수도 없는
서럽게 통곡하는 갯바위

그때 그 시절 소 때문에
몸서리치게 놀란 가슴

와락 감싸 끌어안고 달래주시던
어머니 치마폭같이 포근한
그런 새벽이었으면

* 개: 바닷가의 통영 방언.

바다, 14
– 갈매기

쫓고 쫓기는
본능적 쟁탈전

우아한 날갯짓도
배불러야지
뺏어라도 먹고 보자
천사 옷에 감춘
핏발선 눈빛

지친 날갯죽지
햇살 무거워도
넘어야 할 저 높은 파도

날고 또 날고
쉴 새 없이 헤맨
어제 같은 오늘
다시 또 해는 뜨겠지

낚시, 108
– 새벽 새소리

간밤 별일 없이 잘 잤니
부엉이나 올빼미 담비는 안왔지

그럼
신나는 꿈도 꾸었어
너는 어때
오늘 우리 재 넘어나 갈까

솔깃한 대화에 절로 뜨진 눈
먼동 트는 바닷가
목청껏 주고받는 새들의 인사

새삼스레 돌아보니
가슴 열고 문안 인사 나눌 곳도 없는
어리석은 낚싯대만
출렁이는 바다에 허리 굽신거린다

낚시, 113
- 연도교*에서

유달리 짙게 깔린 밤안개
농어 찾아 헤매다 지친 몰골
다릿발 교각 귀퉁이가 누울 자리

멀어지는 뱃소리
흐릿한 눈에 귀 열고 지켜보는
연도교 가로등에 맡긴 몸
오가는 차 소리는 그렇다 쳐도
다릿발 부딪히는 물결 소리만은
자장가로 그저 그만

교각 타고 넘는 바람결
냉장고 냉기만큼 시원한데
모기와 실랑이 할 일도 없고
동네 사람 잠 깨울까 마음 쓰이던
차 문을 마음껏 여닫아도 되지만

문득, 누군가의 허락 없이

하룻밤 묵어도 되는 건지
등 떠밀고 당기며 망설이다
마지못해 돌아선 발길
찜통 같은 차 안이 두려워진다

＊연도교: 섬과 섬을 잇는 다리.

바다, 36
– 사라진 선창가

집채 같은 파도 막느라
허리 굽었던 큰 선창
돌덩이끼리 굳게 뭉쳤던 시절
줄줄이 낚이던 진광구*

봄비 내리는 선창 기어올라
힐끔힐끔 길바닥 거닐던
어릴 적 내 키만 한 문어

질퍽한 담뱃집 사르팍*에서
문어와 한바탕 뒹굴었던 결투
난처한 몰골에 깜짝 놀라신
할아버지 얼굴도 희미한데

선창 떠난 빈자리 노닥거리는
저 낡은 바지선마저
어차피 세월은 꾸울꺽 삼키겠지

* 진광구: 황점볼락의 통영 방언.
* 사르팍: 대문간.

낚시, 85
– 전복의 향기

갯바위 끝
물질하는 해녀 지켜보며
해녀 배 따라다닌
어린 시절 추억 속에 노닐 때
손짓하는 가쁜 숨비소리
아무도 모르게 전복 먹으란다

생사의 모퉁이 오가며 잡은
전복 세 마리
그냥 준 것이 아니라
먹기 좋게 내장 손질한 상태

문철네* 복이나 내 복이
도토리 키 재긴 줄 알았더니
살다 보니 이런 일도
꼭꼭 씹어 천천히 음미하며
가슴으로 삼킨
온돌방 같았던 안도의 갯바위

* 문철네: 옛날, 지지리 복 없던 사람.

낚시, 89
 – 초삼섬*에서

고기가 낚싯바늘 물면
손 번쩍 든 물안경 신호 따라
또 한 사람은 챔질
고기 낚고 참고동* 잡으며 놀던
온탕 같은 바닷속은
그래도 신선놀음이었다

명색이 바닷가
이렇게 더울 줄 미처 몰랐는데
차라리
산 깊은 계곡으로 갔더라면

바람 한 점 없어
속옷 차림에도 땀 줄줄 흐르는
피할 수 없는 열대야의 심술
휴가는커녕 숨쉬기도 힘들어 쩔쩔맨
새벽에도 찜통 같은 초삼섬
소짓장* 같은 내 복에 누굴 원망하리

＊초삼섬: 금오열도의 무인도.
＊참고동: 고둥의 한 종류.
＊소짓장: 축원 때, 불붙여 올리는 얇은 종이.

낚시, 93
 – 커피의 변신

해 저물고
낚은 고기 없으니
무엇으로 먹을까 망설이다
뜨거운 믹스커피에 식은 밥 말아
한 숟가락 입에 넣었더니
눈 번쩍 떠이는 거짓말 같은 맛

느끼할 줄 알았는데
이럴 수가
생선회에 찬밥 먹는 것보다
훨씬 오불진* 맛이었고

커피 생각 간절한데
고장 난 버너 물끄러미 쳐다보다
생수병에 믹스커피 넣고
거품 가득 흔들어 마시니
세상 부러울 것 없는 또 다른 냉커피

* 오불진: 알차고 실속 있는.

낚시, 101
– 사량도의 자갈밭

굵은 청개비 꿰어차고
포물선 그리며 날아간 케미라이트
아장아장 걷듯 감아 들이면
숨바꼭질하자는 찌
초릿대* 휙 끌고 갈 때부터
밀고 당기는 짜릿한 힘겨루기

펄쩍 뛰어오르는 농어에
간이 콩알만 해도
옆으로 째는 고갯짓엔
따라가며 어르고 달래던 어둠 속

물 빠지면 걸어 다니고
물 들어도 수심 반 발이지만
팔뚝만 한 농어들의 사랑방
문만 두드리면
동짓달 찬바람에 자갈밭이 뜨겁다

*초릿대: 낚싯대의 끝.

낚시, 95
– 사발게이*

어디가 집이고
놀이터인지 모르면서
말만 듣고 왔으니
재미난 밤 보낼 수 있나

샛바람만 불어도 돌아앉고
파도만 일어도 문 닫아
밤새껏 불러도 대답 없는 볼락

굼비* 잡아 삶고
따개비에
대사리고동* 잡아
허기는 면했으나

손맛 눈 맛 고픈 쿨러
어느 세월에 채울지
대답 없는 초삼섬*
싸늘한 달빛에 한숨짓던 날

* 사발게이: 한 마리도 못 잡은 통영지방 방언.
* 굼비: 군소의 통영 방언.
* 대사리고동: 갯바위에 사는 고둥의 일종.
* 초삼섬: 금오도의 부속 섬.

낚시, 32
 – 떨고 선 낚싯대

바람 피해 웅크린 나는
온몸으로 버티며
떨고 있는 너보다
어신*이란 몸짓만 기다린다

매정타 서러워 마라
못이기는 듯
참고 또 참던 네가 아니냐

삶의 무게에 휘청거릴 때
훌훌 털고 떠나자 손 내밀면
춥던 덥던
군말 없이 따라준 너였잖니

세상이 외면한다 느낄 때
함께하는 것만으로도
믿음 충만 활력소요
내일의 불쏘시개

알면서도 말못할 뿐

어찌 너를 잊겠는가

＊어신: 고기의 입질.

낚시, 47
– 갯바위의 여명

캄캄한 밤 내내 기다렸고
어제부터 기다렸다
이 순간을

물 밖은 새소리에 기지개 켜고
물속은 밑밥 치는 소리에 깨어
생기 돋는 감각
느닷없이 찾아올 그대 생각에
들뜬 내 마음

어둠 밀어내는 먼동
간밤의 조바심과 기다림도 눈 녹듯
차오르는 기대감
발밑엔 아침이 넘실거린다

바다, 11
– 파도의 사랑

갯바위 종아리
고질병 났는가
쓰다듬는 바쁜 손

나도
신병에 잠 못 드신 어머니
발목 주무르다
거머쥔 채 꾸벅꾸벅

파도야
아낌없이 다하여라
지나고 보니
돌이킬 수 없는 끝이 있더라

바다, 29
- 그랜드페리에서

날개깃에 새끼 품은 물오리처럼
사연과 꿈을 품은 카페리
퍼뜩 갔다 올게
가오치* 다독이고 나선 길

수평선에 우뚝 서 어서 오라 손짓하는
사량도로 길을 잡는 뱃머리
명경* 같은 바다에 줄지어 핀
앵초꽃 밭떼기 양식장 사이는
눈 감고도 갈 것 같은 훤한 길

시원한 바닷바람 가슴 열 때
칠현산 걸터앉은 구름이야
목 빼고 기다리든 말든
상갑판 공연장 들썩이는
통기타 음률에 춤추는 노랫소리

흠뻑 취한 통나무 정자

어머니 가슴팍 젖내보다 진한

지난날의 그리움 가득한데

그러거나 말거나

연신 가픈 숨 내뿜는 그랜드페리호

＊가오치: 마을 이름.

＊명경: 거울.

바다, 39
– 수평선을 보며

오는 줄도 모르게 멀어지는
세월처럼
서 있는 듯 수평선 달리는
섬 같은 저 배와 달리

깝죽대는 뱃머리로
신간수로* 밀고 가는 작은 배는
끈 떨어진 부표처럼
허구한 날 동동거리는 내 마음

크든 작든 너희는
편히 쉴 정박지라도 있겠지만
한 치 앞도 모르면서
물살마다 허우적거리는 나는
언제쯤 아늑한 항구에 닻을 내리나

* 신간수로: 금오열도의 바다 이름.

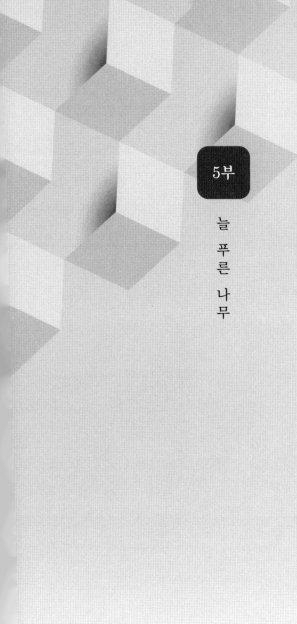

5부

늘 푸른 나무

통영 케이블카

양식장 부표처럼
즐거움이 매달려 날아오른다

섬 너머 섬
면경 같은 바다 반짝이는 햇살
정감 어린 풍경 속엔
내 사랑 사량도가 손짓하고

바로 저기
학익진 날개 펼쳐
천자총통 불춤 추던 역사의 현장

창문 너머
너무나도 평온한
액자 같은 잔잔한 바다엔
지워질 줄 뻔한 물거품 한 줄기
한산행 카페리가 긋고 흐른다

문턱

문만 열면
갈 곳 많고 할 일 많은데
하루에도 몇 번씩
문고리를 잡았다 놓았다

애초부터 빈손
곧 죽어도
손해 볼 것 없는 살이
마음먹기 나름인데
남 눈살 찌푸리지 않는 일이면
뭐든지 하리라 다짐만 쌓아놓고
밀어붙일 용기 없으니

예전에 할머님이 시근* 없다고
장날 고성장에 가 보라셨는데
지금도 팔려나 하단장에나 갈까

---

* 시근: 근본이 되는 원인.

봄비의 추억

대지에 군불 지피는 봄비
지필 때마다 겉옷 갈아입어
말갛게 씻고 기지개 켜는 산천
굳게 다물었던 벚꽃망울
금세 웃음 터질 듯

개구리 사랑노래 질펀하던 그때
앞산 참꽃밭* 쏘다니다
고무신 찢어먹고
까까머리 노랗게 묻은
꽃가루 때문에 엄청 혼난
철없던 시절만 떠올려도 번지는 미소

군불 지필 때마다
넘치는 생기에 내 꿈도 파랗게 움튼다

* 참꽃밭: 진달래밭.

나침반

줄곧 한 곳만 보고 걷는 자침
어서 커서 어머님 병 고치게
질러가자 할 땐 어깃장 놓고

정수리 성에 앉은 지금
자오선만 쳐다보며 지름길로 달려가네

노을 진 언덕배기
한잔 술 넋두리로 쉬어 가도 되련만

어쩌겠는가
어차피 가야 할 길이라면
걸머진 보따리 질펀하게 풀어
이집 저집 기웃거려 인심이나 팔아야지

가을날

천지 분간 못하던 시절
몹시도 고달팠었고
동서남북 알고부터 길은 보였으나
무엇을 만날지 아득하여
무작정 앞만 보고 걸었는데
어느새 언덕배기 넘은 내리막길

굽이굽이 걸어온 이 길 끝
어떨지 알 수 없지만
오로지 가야 할 길이기에
세월의 등짐에 휘청거려도
한 발 한 발 내딛는 가을날 오후
갈바람에 실려 온 햇살마저 처량타

균형의 미학

갯바위 깔고 앉은 산을 봐도
밤낮으로 변하고
철썩이는 물지겁* 식구들 역시
각자 방식으로 살아가지만
길고 짧음의 차이일 뿐
모든 것은 영원하지 않다는 것

물속이나 밖은 물론
갯바위도 그럴진대
하물며 인간세상이야

만물이 뒤엉켜 북적거려도
세상이
넘치거나 기울지 않는 것은
흔들림 없는
각자 수명의 균형추 때문이리라

* 물지겁: 물속과 밖의 경계 지점.

갯강구의 하루

길 찾아 헤매다
덮친 파도에 휩쓸리고
느닷없이 날아든 물새 주둥이에
줄달음치는 신세지만
고달픈 나날이라고
하루만 살고 말일이든가

누구처럼
등댓불 밝혀 주는 것도 아니고
날아다닐 재주도 없는
갯바닥 한자리가 전부인데
부대끼며 사는 것도 때가 있어
대충 살아갈 수 없는 운명

갯강구나 내 처지나
가도 가도 끝없는 길
오늘을 붙잡고 살아보려 동동거린다

머물렀던 자리

서릿발 생겼어도 표시 나고
빗방울만 떨어져도 자국 남는데
하물며
한평생 사람 머문 자리일진데

무심코 남긴 흔적이
누군가의 조그만 위안이라면
더할 나위 없겠으나
코끝을 막던지
눈살 찌푸리지 않는다면
다행이리라

아등바등 살았을지언정
내 머물던 자리만은
차라리 텅텅 비워
색깔도 냄새도 없었으면 좋겠네

참나무를 보면서

떨어진 열매
할머니가 주울 때는 꿀밤
배고픈 다람쥐는 도토리
무심코 넘긴 책 속엔 상수리더라

괭이자루 도리깨작대기
장작이나 숯불에선
모두들 참나무라 부르고
무논 갈던 단단한 쓰레이빨도
알고 보니 참나무였더라

쓰임새 따라
이름도 여럿인 너를 보면서
누구의 아들이었고 아버지였고
할아버지인 나도
한번쯤 들어보고 싶은
참 아버지, 참 할아버지

석양길의 방랑자

아이들 구슬려
담장너머 딴 세상도 구경하는
놀이터 그네에 비하면
나는, 가보지 못한 세상
보고 싶은 마음 꿀떡 같지만
엄두의 싹도 틔우지 못하는 졸장부

언젠가 끝이 있을 이 길
더 늦기 전에
돌부리 하나에도 속마음 풀어놓을
아늑한 샛길도 있을 텐데
어린 시절 그 다짐
한 발짝도 벗어나지 못하니
암만 생각해도
늘푼수* 없는 석양 길의 방랑자

* 늘푼수: 늘품(발전 가능성)의 통영 방언.

봄비를 맞으며

껴입은 내의 벗으라는
포근한 봄비
벗을 것이 어디 그것뿐이랴
어릴 적
튼 손등 묵은 때 벗겨내듯
찌들고 움츠린 내 마음
씻어낼 상큼한 빗방울

훈훈한 꽃바람에 생기 돌아
뛰는 가슴 넘치는 희열
마냥 즐기고 싶은
야릇한 이 심사는 또 뭐며
어쨌든 이 기분 그대로
가는 세월만은 반듯이
거미줄로 묶어서라도 붙잡아야지

그러든지 말든지
봄비는 소리 없이 잘도 내린다

불타는 아침 하늘

커튼을 젖히니
동매산 능선에 맞닿은
활활 타오르는 동녘 하늘

어제 내린 비
말려 없애려는 듯
내뿜는 불꽃
휘감아 춤추며 하늘 높이 오른다

어둠을 깡그리 태우며 치솟던
불길 잦아들 때
세상은 밝아오고

태우고 남은 재 무더기만
능청스레
하늘 저편으로 유유히 흐른다

늘 푸른 나무

나날이 고달파도
껍질 깨고 나올 때 다짐한 마음
변한 적 없습니다

거센 바람에 버티느라
두들겨 맞은 상처야
아물면 그만

곪아 터진 시간이 옹이만 남아도
그대 향한 잎은
늘 푸르고 청청합니다

이젠 보았네

있기는 한데
실체를 만질 수도
볼 수도 없으나
영영 못 볼 기로에 서면
눈보다 마음이 더 슬프고

꽃을 봐도
마음으로 보는 것이 아름답고
낚시해도
손맛보다 마음 맛이 더 짜릿

한 대 맞은 육신의 아픔은
바람같이 사라져도
곪은 곳도 흉터도 없는
상처 난 마음은 하세월*이더라

＊하세월: 긴 세월.

고무풍선의 추억

손녀와 풍선놀이 하다
불현듯 떠오른 그리움
단단히 삐져서 말문 닫은 나에게
'볼따구가 와이리 불티이* 같노'
감싼 내 얼굴 사랑스레 흔드시던
손자밖에 모르시던 우리 할머니

흔하면서 귀하던 것이 불티이
터진 조각조각
볼우물 패이도록 빨아 당겨
방울토마토 송이송이 만들어
아쉬움 달랬던 그 시절처럼

다시 못 올 오늘
거저 얻은 하루의 조각도
아까운 시간임은 틀림없는데
무엇을 만들어야 만족할지
암만 생각해도 그것이 문제로다

* 불티이: 고무풍선의 통영 방언.

낚시꾼의 풋사랑

쿠욱 쿠욱 처박을 때마다
천당과 지옥 이은 낚싯줄
전해오는 짜릿함
내 가슴 들었다 놓았다

여태껏 만난 적 없는
미녀와 밀고 당길 때는
털끝 선 무아의 경지
뜰채질로 마주친 순간
은빛 자태에 넋을 잃은 전율
쾌감에 휩싸인
미끼 꿰는 손이 부들부들 떨렸다

나는 낚아서 그런다지만
뜰채질한 친구는 왜 떨었는지
그날 만난 갯바위 감성돔
물때표 살필 때마다 손끝 저린다

지푸라기 인생

근근이 땟거리 잇던 시절
섬마을에 태어난 보잘것없던 신세

비탈밭 고오매구덕* 둘러친
엉성한 지푸라기처럼
한 가정 감싼 울타리였고

흙 반죽에 없어서는 안 될 세암*처럼
세상의 한쪽 작은 귀퉁이
씨줄 날줄로 엮던 삶

새삼 둘러보니
마굿간의 짓밟힌 두엄처럼
겹겹이 쌓인 세월에 삭혀지는 지푸라기
스치는 봄바람도 유난히 새로운데
자고 나면 파릇한 들판 펼쳐졌으면

* 고오매구덕: 고구마구덩이의 통영 방언.
* 세암: 흙 반죽용 지푸라기의 통영 방언.

문어를 보며

멀쩡한 자기 다리 잘라 먹는
그 심정 오죽했겠는가

여태껏 쌓아온 명예나 자존심
어쩔 수 없이 내려놓을 처지라면
죽기보다 싫겠지만
그래도 목숨보다 한 수 아래

작심한 너처럼
눈물겨운 세월 견디다 보면
잘린 다리 자라나듯
머지않아 옛말하며 웃는 날 오겠지

성한 몸도 아니건만
문어文魚란 이름 걸맞게
곧 죽어도 보란 듯이
현란한 채색으로 잘도 소리친다

징검다리

시냇가 징검다리는
몇 번이고 오갈 수 있지만
세월의 굽이마다 밟았던
청, 중, 노년의 디딤돌
다시는 돌아갈 수 없는 다리

건널 때마다 차곡차곡 쌓인
금싸라기 추억
두고두고 곱씹으며 되뇌어도
아쉬움만 가득

한번쯤 다시 밟고 싶은
미련 애절한데
누구도 갔다 온 사람 없는
일방통행 일회용 징검다리
자나 깨나 앞만 보고 건넌다

2급 비밀

박상진

6부

산문 엿보기

2급 비밀

　병무청에 우선 징집원을 제출하여, 원래보다 1년 빠르게 논산훈련소에 갔다. 원주 통신훈련소에서 후반기 교육받을 때 뜻밖에 아버지가 면회 오셨다. 원래 면회가 안 되는 곳인데, 먼 길 어렵게 오셨다고 특별히 허락해 주었다. 어떻게 오셨느냐고 물었더니, 군에서 보낸 안부 편지의 숫자뿐인 군부대 주소를 우체국 가져가서, 어느 지역인지 물어보고 무턱대고 찾아오셨다. 사량도에서 원주가 어디라고… 대단한 집념이셨다. 통신훈련소를 나온 나를 포함한 동기 병사 5명은, 인솔자 없이 보리 카추샤라 불리던 동해안 경비사령부(동경사) 109통신대대 운용 중대로 갔다. 속초 비행장 바로 옆이었으며, 1주일에 하루만 KAL 비행기가 내리고 떴다. 전입신고 마친 후 보직 받기 위한 신원조회 기간, 바짝 군기 잡힌 우리에게 선임들은 고향이며 사회 주특기가 뭔지 묻곤 했다. 나의 사회 주특기는 전자통신장비 수리라고 했더니, 한 병장이 자기가 운용하는 무전기도 고칠 수 있느냐고 물었다. 군용장비는 본 적도 없고, 미국제

품이라 자신 없으나 한번 보겠다고 했다. 나를 데리고 간 곳은 비밀취급인가증이 있어야 출입가능한 사령부 상황실이었다. 넓은 실내 중앙에는, 물에 불려 반죽처럼 찢은 종이로 만든 작전구역 지형이 사각형 테이블 위에 거창하게 만들어져 있고, 중요 건물과 시설이 표시되어 있었으며, 벽면 쪽으로 칸칸이 통신장비가 설치된 부스가 있었다. 처음 보는 장비에 도면도 없었지만, 마이크 코드 속에서 단선되어 있었다. 예비품이 없어 교환기 코드로 임시 교체하여 수리하였다. 비상시 미군 비행기 지원 요청하는 장비라는데, 그 병장 입장에선 곧 육군 검열 받아야 하는 실정이라, 마음고생이 심했다고 했다. 저녁 먹고 그 병장이 무턱대고 따라오라고 해서 갔더니, 철조망을 넘고 논둑길 건너 산 넘어 어떤 마을로 데리고 갔다. 상점으로 들어가 빵이나 과자를 마음대로 먹으라는데, 군기가 바짝 들어있는 나로서는 먹을 수 없었다. 상황이 군법에 회부될 수도 있기 때문이었다. 명령불복종, 탈영 등등 눈앞 캄캄하고 복귀할 때까지 가시방석이었다.

 군 보직은 유선이지만, 무선소대에서 고장 나고 방
치된 RTT, WTT 등 각종 무선장비를 고치고 지내는
중, 2급 비밀취급인가증이 나왔다. 유선소대로 배치
받았다. 어느 날 중대장과 소대장들끼리 합의가 있
었다며, 무선소대 상병 3명과 유선소대 일병인 나와
3대 1로 바꿔버렸다. 도대체 말도 안 되는 일이었다.
그러나 한 달도 못가서 사건이 터졌다. 무선소대 상
병 3명이 술을 마시고는, 탈영을 했으면 했지 유선
소대에서 근무는 못하겠다고 반발하고 나섰다. 당연
한 일이며, 그리고 우리들은 원대 복귀되었다. 내가
받은 유선소대 보직은 교환병이었다. 교환실에는 미
국 군용 BD-110형 교환기 3대가 병렬로 결속돼 있
었다. 가는 귀가 먹었는지 도저히 못하겠다 싶어, 소
대장님한테 다른 보직을 주던지, 무선소대로 보내
달라고 어깃장을 놓았다. 그래서 나를 사령부의 통
신센터 내 실험실로 보내주었다. 그곳은 동경사 통

신의 핵심부서로 텔레타이프 및 유선통신을 총괄하는 곳이다. 부대 체계가 눈에 들어올 때쯤, 토요일 오후만 되면 통신대대장, 중대장, 소대장이, 끝도 안 보이는 속초비행장 활주로를 한 바퀴씩 뛰고 지쳐서 들어오는 것을 보았다. 알고 보니 6.25 때 쓰던 전화교환기가 오래되어, 사령관이 통화할 때 자주 문제가 생겨 개선될 때까지 기합받는다고 했다. 얼마 후 보기 딱해서 소대장에게, 부속만 있으면 고쳐보겠다고 했더니, 군 생활 30년 한 사람도 못 고쳤는데 무슨 소리냐고 핀잔주었다. 며칠 지나 중대장이 찾아와 정말 고칠 수 있느냐고 물었고, 자신 있다고 했다. 장비 3대 병렬로 결속된 교환기 1대 고치는데 4일 걸린다고 말해줬다. 통화가 적은 한밤중에만 철거와 설치가 가능했다. 자재 창고에서 부품을 조사해 보니, 미국제품은 오래되어 녹은 슬어도 쓸 만하고, 국산은 신품인데 전부 불량이었다. 그대로 보고 했더니 난데없이 보안부대에서 찾아왔다. 전 군에서 수년 동안 잘 사용하는 부품이 왜 동경사에서만 불량이냐 한다. 다른 부대에서는 물론 시험 할 줄도 몰랐겠지만, 그러나 상황이 심각했다. 지금까지 불량품을 군에 납품한 꼴이니 납품 업자는 큰 타격을 받을 것이며, 만에 하나 잘못되면 나는 감옥 갈 판이었다. 이러이러해서 불량이라고 확인 시켜주었고, 사진도 찍어갔다. 장비를 차례대로 수리 후 설치 결과 통화품질이 매우 우수하였다. 장비 수리할 때는 중대장이 퇴근도 안하고 옆에서 간식거리 제공해 주며 지키고 있었다. 결국 교환기가 해결됨으로 장교님들 활주로 뛰는 것도 끝났다. 사령부 통신참모를 비롯해 대대장, 중대장, 소대장은 한시름 놓았다. 동경사 창설 이후 나 같은 기술자는 처음이라고 했다. 그 일로 사령부 통신참모가 나의 존재를 알게 되었다.

어느 토요일 오후, 통신참모가 자재를 실은 트럭과 공병들을 데리고 나타났다. 사령부 통신센터에 나의 방을 만들어 줄 테니, 식판 가지러 갈 때만 내무반 가고 통신센터에서 지내라 했다. 직속상관도 아닌 사령부 통신참모가, 그것도 우리 부대도 아닌 공병 대를 불러 일개 사병 휴식처를 만든다는 것은, 육군 역사상 있을 수 없는 일로 본다. 설익은 반 푼어치 기술의 힘이 이렇게 대단할 줄 몰랐고 이해가 안됐 다. 문취소와 교환병, 그리고 실험실 병사들도 선임 눈치 볼 필요 없이 내 방에서 쉬곤 했다. 그러자 심 통 난 일부 선임들은 불만으로 나를 괴롭히기도 했 으나, 내가 생각해도 듣도 보도 못한 너무 파격적 대 우인지라 충분히 이해가 됐다.

그리고, 내 동기들은 부대에서 알아주는 실력파들 이다. 한 명은 대대 행정반에서 차트 글씨로 두각을 나타내고, 한 명은 자동화사격장에서 장비 다루는 독보적인 존재이며, 또 한 명은 가설중대의 전봇대 타는 걸로 타의 추종을 불허했다. 어느 날 대대장님 이 불러 갔더니, 군용 통신장비를 생산하는 동양 OPC 사장님이 와있었다. 초봉을 과장급 대우 해주 겠다고, 제대하면 동양OPC에 입사하라 했지만 안

간다고 했다. 한 번 또 찾아왔었다. 교환병들의 MOS 교육용 모형교환기를 만들어 출품했는데 입상되었고, 그걸 보고 나를 채용하려고 했다 한다. 중대장님이 목공 일 잘하는 고참병을 붙여주어 나의 도면대로 쉽게 만들 수 있었다.

카빈소총에서 M16 소총으로 바뀌고, 열심히 사격연습을 했으나, 비전투병이라지만 동경사에서 우리 통신대대가 꼴찌였고, 그중에 우리 중대가 제일 꼴찌였다. 하루는 사격장 출발 전에 중대장이 60% 이상은 괜찮고, 그 이하는 단단히 각오하라고 했다. 그당시 우리 중대는 평균 61% 정도였다. 그러나 대대 중에 우리 중대가 또 꼴찌 하는 바람에, 중대장이 화가 나서 솔선수범으로 옷 벗고 속초 설악동 냇가 얼음물을 깨고 들어가며, 70% 이하는 모조리 들어오라 했다. 나는 65%였다. 그리고 엄동설한에 10㎞를 구보로 부대에 복귀했다. 나의 불만이 고개를 쳐들었다. 육군 교본에는 200M에서 조준점과 탄착점이

일치하므로 타깃의 가슴에 조준하라는데, 나는 그것이 불만이었다. 왜 일발필살을 강요하는가? 머리든 배든 맞히면 되지. 그다음 사격측정에서는 일부러 교본대로 하지 않고, 무조건 타깃의 가운데로 조준하고 쏘니 100% 만점 받았다. 그러나 또 우리 중대는 꼴찌였다. 크리스마스가 코앞이라 선물 상자 받던 날, 갑자기 옷 갈아입고 포상휴가 가라고 했다. 대대 전체 100%가 3명인데, 대대장이 휴가를 보내주었다. 입대 2년이 다되어가는데, 나는 아직 첫 휴가도 못 간 때였다. 휴가를 마치고 돌아오니, 중대장이 사격 비법을 중대원들에게 가르치라 했다. 기회다 싶어 차트를 들고 교육시켜, 그날 당장 비근무자들 중에 무작위로 뽑아, 사격장에 가서 사격측정을 하니 당장 78%가 나왔다. 그 방법이 대대 전체로 전파되고, 결국 비전투병인 통신대대가(평균 81%) 전투병들과 비슷한 성적을 올렸다.

눈이 펑펑 쏟아지는 어느 날 밤, 전차 중대 쪽으로

수리 나간 작업자들로부터 살려달라는 다급한 전화가 왔다. 이유인즉, 밤에 허리까지 빠지는 눈밭 헤매며 전화선 고장지점 찾고 있는데, 갑자기 산속에서 험상궂게 위장한 얼굴에, 단체로 흰색 추리닝복만 입고 다리에 모래주머니를 찬 정체불명의 특수군 무리가 나타나, 작업자들 세워놓고 발밑에다 권총 쏘며 대검으로 위협한다고 했다. 나는 일단 살리고 보자 싶어, 영창 갈 각오로 엉터리 회복 보고부터 올리고 작업자를 철수시켰다. 아침 일찍 다시 고장 보고 올려 수리 완료했으며, 작업자들이 사령부에 일부러 들어와서 고맙다 인사하고 갔다.

어느 겨울, 소대 선임하사가 양양광업소 가서 배터리 전해액을 얻어 오라 했다. 자재 창고에도 전해액이 많이 있는데, 좋은 옷 챙겨 입고 가라니 도저히 이해가 안 됐다. 전해액 묻으면 옷에 구멍 뚫리거나 변색 되기 때문이다. 일단 명령이니 빈 통 짊어지고 갔다. 얼굴은 몰라도 새벽마다 고장 유무 시험통화하던 그때, 그 꾀꼬리 같은 목소리 교환수 아가씨가 맞아주었다. 생글생글 웃으며 전해액은 줄 생각은 않고, 연탄불 지펴 두꺼운 이불 깔아놓은 따뜻한 자기 방에서 먼저 커피 한잔하자며 방으로 밀어 넣었다. 억지로 덮어준 이불 속 바짝 붙어 앉아 치대는 행동이 도를 넘고 어이없어, 커피도 안 먹고 뿌리치고 나왔다. 그러나, 기다렸다는 듯이 문밖에는 다른 아가씨가 한술 더 떠, 자기 방에서 커피 한 잔 해야만 보내준다고 붙잡았다. 기가 차서 전해액이고 뭐고 팽개치고, 뒤틀린 심사로 부대 복귀하여 선임하사에게 따져 물으니, 무슨 꿍꿍 이었는지 그저 웃기만 하였다.

어느 토요일엔, 면회실에서 연락이 왔다. 누군가 싶어 만나보니, 속초경찰서의 목소리만 듣던 교환수 아가씨가, 먹을 것과 자기가 직접 연주한 피아노 테이프를 주면서 자주 오겠다고 했다. 거짓말로 부산에 사귀는 사람 있다고 정중히 거절할 수밖에 없었다. 교환수들이 찾아온 동기는, 부대 관할구역 내 주요 관청이나 기관에는 모두 긴급 통신선이 들어가 있으며, 나는 매일 새벽 그 선로를 점검한다. 그때 내 목소리를 듣고 호기심이나 궁금증이 생겨 찾아오는 것 같았다. 어느 날은 속초에서 길을 가는데, 처음 보는 어떤 아가씨가 빵집에서 나와, 잘 아는 척했다. 바쁜 일로 가게 잠깐 봐 달라고 해서 얼떨결 채 1분 지났을까 말까 정도 봐주었는데, 달랑 껌 한 통 사들고 오며 고맙다고, 이해안될 만큼 티 나게 빵과 음료수를 푸짐하게 주었다. 이상타 싶어 그 후에는 차도 건너 반대편으로 다녔는데, 눈에 띄면 여지없이 붙잡히곤 했다. 길거리서 팔 붙잡고 실랑이하는 것이 창피하여 어쩔 수 없었다. 지나다니는 것을 눈여겨 봤다는데 너무 과하고 노골적이었다. 그 시절 그쪽 지방 아가씨들은 남쪽으로 시집가는 것을 선호한다는 것은 알고 있었다. 적어도 부산 쪽 아가씨들보다 순박하고 착하고 진실하게 느껴지는 좋은 사람들이었지만, 인연 맺기를 무조건 거부했다. 지금은 없어

졌지만, 그땐 그런 사람과 결혼하면 본인은 물론, 자식까지 공무원도 못하고 해외여행도 못 간다는 연좌죄법이 시퍼렇게 날 세우고 있었기 때문이다. 전쟁 이전에는 이북 땅이었고 가족은 인민군이었으니까. 무슨 운명의 장난인지, 하늘이 나를 시험하는 것인지, 내 마음의 철통같은 장벽을 무너뜨릴 듯, 부대 뒤쪽 장산리 마을의 어떤 아가씨는, 마을 앞 지나다니는 것을 지켜봤다며, 푸른 제복 입고 있을 때까지만 이라도 부담 주는 일 없을 테니 조건 없이 만나달라고 졸랐다. 내가 잘났어도 아니고 상대가 싫어서도 아니라, 법이 이러저러해서 안 된다고 정중히 사과했다. 처녀가 보고 싶은 마음 하나로, 낯선 사람 찾아온다는 것이 결코 쉬운 걸음이 아닐 것인데, 그러나 앞날 생각하면 나는 절대 받아들일 수 없었다.

그러던 어느 가을 일요일 새벽 2시, 선임하사로부터 전화를 받았다. 속히 양양시외버스터미널로 오라 했다. 근무 때문에 갈 수 없다고 하자, 이번에는 무선 소대장이 지프차 타고 와서 대체 근무자로 바꾸고, 나를 억지로 데려갔다. 터미널로 가니 처음 보는 양양광업소 교환수 아가씨 3명과 남자 한 명, 그리고 유선소대장과 유, 무선소대 하사관들이 웃고 있었다. 엉겁결에 떠밀려 서울 가는 버스 타고 한계령에서 내렸다. 나에게 배낭 하나 주며 설악산 대청봉 간다고 했다. 자초지종인즉, 나를 데려오는 조건으로 아가씨들과 등산 가기로 약속했는데, 나를 빼고 가도 될 줄 알고 갔으나, 나 없는 등산은 갈 수 없다고 아가씨들이 버티는 바람에 생긴 일이었다. 아는 아가씨가 한 명도 없는데 도대체 어찌 된 영문인지 모를 일이었다. 나는 너무나도 어처구니없었다. 내 의사와는 상관없이 휘둘리는 것이 화도 났고, 배낭도 무거워 길섶으로 들어가 열어보니, 과일이 가득 들어있었다. 심술도 나고 목도 마르던 차에, 배 2개를 돌로 깨어 먹으니 배 맛만은 꿀맛이었다. 소청봉까지는 괜찮았으나 대청봉은 너무 추웠으며, 다른 사람들은 모르겠으나 도살장 끌려가는 소처럼 나는 몸도 마음도 너무 지치고 힘든 날이었다.

어느 날 갑자기 한밤중 비상이 걸렸다. 삼척 쪽에 간첩선이 나타나 고속으로 도주 중인데, 56연대를 비롯한 해역사 함포 사격으론 잡지 못했다. 사령관이 전차중대를 해안선에 배치시켜, 직사포인 전차포를 쏘아 간첩선을 격침 시킨 일도 있었다.

한 번은, 특수 근무자만 남기고 통신대대 전체가 속초 위쪽 학사평으로 야영훈련을 갔었다. 야밤에 유, 무선 소대장과 부사관들이 미시령 고개로 구경갔다 내려오는 도중, 차가 30미터 정도 산 아래로 굴러 모두 다쳤다. 유선소대장이 밤중에 산속을 4시간 동안 헤매다, 겨우 도착한 학사평 훈련장 보초병 앞에서 무선소대장을 언급하고 쓰러졌다. 부대원들이 총출동하여 아침에 현장 찾았을 때, 유선 소대장보다 비교적 덜 다친 사람들이 오히려 현장에 있었다고 했다. 유선 소대장은 갈비뼈가 몇 대 부러졌으며, 그중에 한쪽 폐를 찌른 것도 있었고, 캄캄한 숲속을 헤치고 오느라 온몸이 피투성이였다. 그 몸으로 어떻게 왔는지 경이로울 뿐이었다. 겨우 숨만 쉬었고, 잠자리처럼 생긴 L-19형 군용 경비행기로 서울로 후송될 때, 작별 인사를 끝으로 그 후 소식은 듣지 못했지만, 사명감에 따른 군인정신만큼은 철두철미하게 투철했다고 본다.

　어느 일요일, 한가한 실험실에서 후방에서 보내준 '샘터'나 '선데이서울' 같은 잡지를 보고 있었는데, ROTC 출신 신임 소위가 통신센터 통신상황장교로 왔다. 근무 시간에 책을 보는 것은, 근무 태만이고 명령 불복종이라며 원칙대로 영창 보낸다고, 아무것도 모르는 다른 사병을 대체 근무 세우고, 내무반 가서 더블백 싸고 대기하라고 했다. 화가 치밀어, 원래는 없었으나 내가 만든 자동 전화벨 신호 장치를 망가뜨리고 올라가서, 중대 당직사관에게 보고했더니, 당직사관은 통신상황장교를 어이없어하며 중대장실에 앉아있으라 했다. 교환기가 고장 나 교환병들은 야단났고, 나를 빨리 내려보내달라고 전갈 왔지만, 통신상황장교는 말이 없었다. 결국 1시간쯤 지나 통신상황장교 요청으로 실험실 가서 정상화시켰다. 그냥 넘겼으면 될 것을 또 원칙 고수하다, 결국 월요일 아침에 일이 터졌다. 신병 때 교환기를 고치고 난 이후부터, 통신참모님은 항상 출근길에 나한테 먼저 들러 상황을 물어보고 자기 사무실로 갔다. 그날도 먼저 실험실에 들렀는데, 신임 통신상황장교가 별일 아닌 듯이 어제 일을 30분 동안 불통이었다고 보고하자, 통신참모 얼굴이 확 바뀌며, 통신상황장교 귀싸대기를 날리면서 "뭐 3분 동안 불통됐다고...... 당장 상황 보고해" 하고 화를 내며 사무실로 갔다. 30분이라고 말했는데, 3분이라고 받아친 통신참모님! 선임하사에게 물어보니, 전시에 사령부 통신이 3분 이상 불통되면 총살깜이라고 했다. 30분이라는 시간은 상상도 해선 안 되는 긴 시간이라 문제가 심각했다. 선임하사와 머리 맞대고 3분에 맞춰 고장 보고, 회복 보고, 통신상황장교의 지시 사항에 잘못이 없는 것처럼 적절히 짜 맞춘 상황판을 들고 통신참모실로 가니, 통신상황장교는 거기서도 혼나고 있었다. 마침, 통신대대장이 출근 인사차 왔다가 그 꼴을 보고, 지휘계통인 자기한테 먼저 보고않고 통신참모에게 했냐며, 통신상황장교를 군화발로 쪼인트 까고, 군복 벗으라고 펄펄 뛰었다. 결국 상황차트상으로 통신상황장교의 적절한 대처가 인정되어 별일 없이 끝났으며, 그 일 후 그 장교는 내게 가끔 귀한 라면도 주고 잘 대해주었다. 라면은 취사반에 가서 된장과 양파를 넣고 끓여 먹었다.

나는 사령부 내의 긴급한 주요 선로를 보수하기 위해, 비상시에도 '긴급가설'이라는 완장을 차고 아무 때나 외출 가능하였다. 한 번은 도로 따라 선로 점검하는 중, 지나가던 헌병대 차가 나를 헌병대로 막무가내 태우고 갔다. 몇 마디 물어보고는 밤새도록 이유 없이 붙잡아 두었다가 다음날 풀어주었다. 약이 바짝 오른 나는 당장 실험실에서 복수에 나섰다. 헌병대장 전용 전화선에, 통화는 되나 윙윙(유도) 소리나 찌찌찌(직기) 소리가 나서 통화가 힘들 정도의 조치를 했다. 헌병대에서 고쳐 달라고 신고 들어오면, 고치는 중이라고 대답만 했다. 한 달쯤 됐을 때, 결국 헌병대 인사계 선임하사가 PX에서 뭘 잔뜩 사들고 찾아왔다. 근무 잘하는 나를 왜 끌고 갔냐고 항의하고, 보란 듯이 전화선을 바로 고쳐주었다.

부대 전체가 비상 걸려 있을 때, 새벽 2시 실험실에서 근무서다가, 전화기 핸드셸이 실험실 바닥 맨홀 철판 뚜껑에 떨어졌다. 한밤중 조용한 통신센터가 폭탄이라도 터진 것처럼 쩌엉! 하고 울렸다. 2층에서 사령부 참모장 부관이 급히 내려오며 상황을 물었고, 내가 실수로 핸드셸을 떨어뜨렸다고 하니, 잠자다 놀란 참모장(준장)이 영창 보내라고 했다는데, 그 뒤 별다른 조치는 없었다. 그리고 며칠 후 235병원 원장실에 정기적으로 실시하는 전화기 건전지 교체하러 갔다. 노크를 하고 문을 여니, 생각지 못한 별

계급장을 단 참모장이 버티고 앉아 다과상을 받고 있었다. 며칠 전 핸드셀 사건이 떠올라 머리끝이 쭈뼛섰다. 건전지를 교체하고 급히 나오려고 하자 눈치챘는지, 참모장이 다과 먹고 가라며 앉으라고 했다. 할 수 없이 앉아 과자를 한 개 집어 들고 먹으려고 하면 뭘 물어보고, 또 물어보고 하여 입에 넣지도 못하고 있는데 생뚱맞게, "병원장(소령)은 월급도 많으니 누나라고 부르고 용돈도 달라고" 하란다. 병원장은 웃고만 앉았고 나는 대꾸를 못하고 있으니 멋쩍었는지, "나이 차가 그리 안 되지"라고 말했다. 은근히 지난번 잠을 깨운 분풀이를 하는 것 같았고, 근무 핑계를 대고 불편한 자리를 빠져나오면서 속으로 투덜거렸다. 결국 맛있는 과자는 처음 잡았던 한 개만 먹었다. 오랜만에 만난 고급과자였는데 아쉬웠다.

업무상 나는 외출이 자유로워 가끔씩 대포항에서, 어부들이 값어치가 없어 처치 곤란인 말쥐치를 한 바가지씩 얻어, 직접 회 떠서 부대로 가져와, 외출도 못하는 동료들과 먹기도 했는데 인기 만점이었다.
제대 말년엔 판문점 도끼만행사건이 일어났다. 비상
근무자만 남기고 전 부대원 완전군장을 꾸려 산속에
서 몇 달간 야영했다. 겨울 다가오면 보통 2~3개월
단축시켜 제대 특명이 내려오나, 도끼만행사건으로
36개월 만기 특명 받아놓고, 제대 기념사진을 찍기
로 작심했다. 병장 월급 대략 2,200원으론 태부족이
라, 한 되에 2,500원 준다는 벼메뚜기를 잡아 팔기
로 했다. 도망 다니는 벼메뚜기 잡기가 너무 힘들어
밤을 주워 팔기로 바꿨다. 밤 한 되 팔면 500원 받았
다. 며칠 동안 밤을 주워, 가까이 있던 동기들과 낙
산사에서 겨우 사진 몇 장 찍었다. 그 후 제대하는
날 사령부 통신참모님을 찾아갔다. 부관을 시켜 타
자기로 쓴 추천서 6통을 주시며 직장 잡는데 쓰라고
했다. 필요 없는 서류지만 내심 고마웠다. 제대하지
말고 같이 계속 근무하면 어떻겠냐는 질문에 대뜸,
대령 달아주면 하겠다고 말했더니 호탕하게 웃었다.
전용 지프차를 내어주어 동기들과 그 차로 속초 시

외버스터미널로 갔다. 짬짬이 장산리 마을 뒤 깊은 산속에서 잘 익은 머루와 다래를 따서, PX에서 산 드라이진이란 술로 머루다래주 6병을 만들어 실험실 천장에 숨겨 두었었다. 붉고 맑게 우러난 술 빛깔이 너무 아름다웠다. 제대기념으로 고향 친구들 주겠다고 007 서류 가방에 넣어 오는 도중, 군용열차에서 내가 잠든 사이, 5명의 동기생들이 몰래 다 마셔버리고 병 속엔 건더기만 남아있었다.

 도저히 말 안 되는 헛소리 같고 내 자랑 같지만, 실제 겪었던 일이고, 군 역사상 사병으로서 이런 일을 겪은 사병이 있긴 있을까 싶다. 정리 차원에서 나열해 보면, 군대 생활 다 해가는 상병 세 사람과 갓 들어온 일병 한사람을 바꾸는 일, 기술교육도 안 받은 일병이 RTT, WTT 등 미국 군용무전기를 척척 고치는 일, 30년 군 생활자도 꿈도 못 꾸는 오래된 복합교환기 3대를 완벽하게 고친 일, 사령부 통신참모가 타 부대 사병 한 사람을 위해, 공병대를 불러 방을 만들어 주는 일 등등 예사로움이 아닌 것은 분명한 것이리라. 근무 특성상 대체 근무가 불가하여 휴가는 제대로 받지 못했지만, 나름대로 대우받으며, 뜻 깊고 보람되게 병역 의무를 끝낸 것이 뿌듯한 한 페이지의 추억으로 남았다. 반백 넘은 지 한참 지난 지금, 이젠 나의 2급 비밀취급인가증도 소멸시효 지났을 것으로 본다.

하나뿐인 밥줄

내 고향은 통영의 사량도이며, 일명 사량중학교를 졸업하고 일여 년 지난 후 부산으로 왔다. 둘째 고모님이 부산에 사셨는데, 그냥 두면 뱃놈밖에 더 되겠냐 싶어, 기술이라도 배워 먹고살라고 부산으로 불러 올렸다. 임시로 고모님 댁에서 숙식하며 일자리를 찾아다녔다. 조선소 배 만드는 목수 중에 도목수가 월급은 가장 많으나 적성에 맞지 않아, 선박 전자통신장비 취급하는 동성전자공업사에 실습생으로 입사했다. 숙식을 회사에서 제공받고 월 3,000원의 실습비를 받기로 했다. 공장장 월급이 대학교수님 월급과 같다는 말에, 꼭 기술을 배우겠다고 작심했다. 섬에서 자라면서 드라이브가 뭔지, 니퍼가 뭔지 몰랐다. 보도 듣도 못한 딴 세상이라, 일단 보수동 헌책방골목에서 전자공고 학생들이 쓰던 책을 몇 권 사 왔다. 몇 페이지 나가지도 못하고 덮고 말았다. 기초 지식이 없으니 한 발짝도 나갈 수 없었다. 모두 퇴근한 빈 회사에 혼자 남아, 보기만 해도 신기한 전자 장비를 이리저리 만져보며 기술 습득의 별의별 방법을 궁리했다. 어느 날 문득 사찰의 동자승이 떠올랐다. 동자승들은 중년이 되면 어떻게 하였기에, 염불도 잘 외고 한문도 통달할까? 무한 반복의 노력이리라 생각했다. 그리고 달력 귀퉁이에 기술을 습득할 때까지 금기 사항을 적었다. 첫째는 여자, 둘째는 술, 셋째는 담배, 넷째는 커피라고, 유흥을 멀리하고 오로지 한길만 가리라 다짐했다. 여기저기 알아보니 일류 기술자가 되려면, 인하공대 전자공학과를 졸업하고 현장에서 10년 넘게 종사 하는 방법과, 해군으로 입대하여 미국 유학을 5년 정도 다녀와야 가능하다고 했다.

그럼 나는 어디부터 시작해야 할까 생각하다, 장비들의 계통도와 회로도를 숙지하는 것이 첫째라고 생각했다. 한 장비당 몇 장씩 되는 회로도를 펼쳐보니 앞이 막막했다. 알지도 못하는 수많은 기호들과, 길고 짧은 선들이 빼곡한 도면을 펼쳐두고 곰곰이 생각하다, 손바닥만 한 크기로 임의 등분을 했다. 등분

한 작은 조각을 펼쳐두고, 눈은 도면을 응시하고 손은 다른 종이에 따라 그리며, 잘 그리고 못 그리고는 개의치 않았다. 손끝의 그림이 중요한 것이 아니라 머릿속의 그림이 중요했기 때문이었다. 한 조각의 회로를 10~20번쯤 그리고 나면 기억이 되었으며, 다음 회로를 같은 방법으로 반복하다 보면, 어느새 도면 한 장이 머릿속에 박히곤 했다. 그 당시의 장비들은 모두 진공관식이었으며, 처음 SSB 송수신기의 도면부터 시작하여 송신기, 수신기 등 다른 장비로 옮겨 갔다. 둘째는 회로도의 기호와 장비의 실제 부품을 대조하며 장비 내부를 이해하는 것인데, 밤늦게까지 장비 내부의 배선을 따라가며 확인하는 과정을 거쳤다. 장비의 부품과 회로도가 머릿속에 겹쳐지는 단계에 이르니, 이젠 작동 원리를 배워야 하는데 누구의 도움 없이는 불가능하였다. 전원부, 발진부, 변조부, 증폭부, 출력부 등 대충 이해됐으나, 이제부턴 정말 직접 수리를 해 보는 수밖에 없었다. 수리하는 기사님 뒤에서 유심히 관찰하였다. 기사님이 퇴근하고 나면 본대로 따라 해본 것까진 좋으나, 장비가 정상일리 만무하였다. 다음날 기사님이 출근하면 고쳐 둔 장비를 다시 고장 냈다고, 머리빡 몇 대 쥐어박히는 일은 다반사였다. 그런 세월을 일 년 정도 지나고 나니, 어느 정도 원리가 이해가 되었다. 그러나 더 이상 진도가 없어 기사님들에게 물어보면, 바빠 죽겠는데 쓸데없이 물어본다고 구박만 하였다. 고민 끝에 새로운 작전을 세웠다.

남의 머릿속에 있는 지식을 내 것으로 만드는 것이 쉬울 리야 없지 않겠는가? 그냥 가르쳐줄 리 더욱 만무하고, 자존심을 공격하자 마음먹었다. 예를 들면, 나는 타이어가 굴러가니 차가 앞으로 간다라고 우기면, 엔진이 돌아가야 타이어가 돌고 그래야 차가 간다라고 말하는 기사님에게, 뭔 소리냐며 엔진이 어떻게 돌아가냐고 대들면, 몽키스페너나 드라이브 같은 것을 잡히는 대로 잡고 때리며, 흡입, 압축, 폭발, 배기 같은 원리를 의기양양하게 말하며 화를 냈다.

아픈 것은 고사하고 속으로 쾌재를 불렀다. 그래 드디어 내 것으로 만들었지롱 이런 기분, 기술 습득에 전념하며 지내다보니 실습비가 3,500원으로 올랐고, 반풍수 기술자가 되어 갈 무렵, 회사 사정으로 기사님들이 사직하는 사태가 발생했다. 들어오는 수리 장비들을 할 수 없이 내가 만지기 시작했다. 아주 어렵게 고장 난 것은 타 회사로 돌리고, 대부분 내 스스로 고쳐 내면서 기술 향상이 급격히 일어났다. 많은 장비를 대하는 만큼 새로운 것을 하나씩 습득할 때마다 저절로 신이 났다. 제대로 대우를 받아야겠다고 작심하고, 월급 2만 원을 주지 않으면 퇴사하겠다고 으름장 놓았더니 쾌히 올려주었다. 입사한 지 2년째를 넘기고 있을 때였다. 취급 장비로는 SSB 송수신기, 송신기, 수신기, 레이더, 어군탐지기, 방향탐지기, 로란 등 선박에서 사용되는 모든 전자 장비였다.

어느 여름날, 그 시절 보기 드문 멋진 선글라스에

매미 날개 같은 고급 양장을 입고, 어떤 아주머니가 회사로 나를 찾아왔다. 어인 일인지 물으니 갑자기 내 손을 덥석 잡으며 "자네, 우리 딸 좀 살려주시게" 하였다. 이유인즉 회사 경리사원이 며칠 결근 중이었는데, 그 경리사원 어머니였다. 자신의 외동딸이 일주일째 식음을 전폐하고 앓아누워서, 헛소리로 내 이름만 부른다고 하였다. 말만 들었던 그 상사병인 모양인데, 다짜고짜 자기 집으로 가자고 했다. 마른 하늘 날벼락 같은 어이없는 일이었다. 심각한 상황임은 알 수 있었지만, 정중히 그 어머님께 말씀드렸다. 댁의 따님과 밥 한 끼, 차 한 잔 마신 일이 없으며, 나는 목적한 바가 있기 때문에 여자에 신경 쓸 겨를이 없는 사람이니, 제발 나를 괴롭히지 말아달라고 오히려 부탁드렸다. 그 아주머니는 차림새에 걸맞지 않게 눈물을 훔치며 돌아갔다. 뒷모습을 보니 정말로 딸을 사랑하는 것 같았으나, 딸은 철부지로 느껴졌다. 경리사원은 이후 회사를 그만두었다. 평소에 경리사원의 이상한 행동을 자주 느꼈지만,

별거 아닌 것으로 생각했고 관심 없었는데, 엉뚱함
이 있었던 것 같았다.

그로부터 입대 전까지 계속 근무했으며, 그 잘난
반쪽짜리 기술 덕분에 「2급 비밀」에서 밝혔듯이 입
대 후 동해안 경비사령부에서, 우리나라 육군 역사
에 전무후무한 흔적을 남겼다고 나는 생각한다. 하
고 싶은 것에 대한 열정적 노력을 다하면 언젠가는
이룰 수 있으며, 비록 정상까지 도달하지는 못할지
라도, 8부 능선은 능히 갈 수 있다는 것을 몸소 느꼈
다. 우여곡절 끝에 습득한 그 전자통신장비 기술은,
섬에서 태어난 볼품없던 무지렁이가, 부하직원을 거
느린 당당한 기술부장이란 자부심이며, 우리 식구들
의 하나뿐인 밥줄이었다.

운명의 물결

맞닥뜨리고 스쳐 간 모든 것들이 운명이더라.
1998년 11월의 교통사고처럼…

나날이 발전하고 있는 삼영전자공업사에서 기술과
장으로 근무하던 어느 날, 아무리 계산을 해봐도 어
쩔 수 없어 사장님께 면담 신청을 했다. 막냇동생이
부산의 고등학교로 전학옴으로써, 월급 38만으로서
는 다달이 2만 원씩 적자였다. 궁리 끝에 황사장님
께 내년 월급 인상 때까지 한 달에 2만 원씩 빌려주
시던지, 아예 월급을 올려주시면 안되겠냐고 말씀
드렸더니, 회사 규정상 불가능하다고 말씀하셨다.
의외의 말씀이셨고, 할 수없이 회사를 그만두겠다고
하였더니 마음대로 하라고 하셨다. 성심을 다해 일
해온 나로서는 예상 밖의 대답이었으며, 회사에 대
한 기여도가 고작 이것인가 싶어 배신감마저 들었
다. 그 길로 남항동의 회사를 나와, 터덜터덜 걸어
대평동에서 도선을 타고 자갈치로 건너갔다.

축 처진 어깨로 인파 속을 걷고 있는데 누가 나를

불러 세웠다. 돌아보니, 옛 국제전자공업사 신사장님이셨다. 반갑게 인사 나누고 저의 자초지종을 듣고는 따라오라고 하셨다. 같이 간 곳은 부산통신기업사이며 신사장님은 그 회사의 총괄 책임자셨고, 사장님은 이정부씨였다. 곧바로 이정부 사장님과 면담 결과, 직책은 기술부장, 월급은 40만 원으로 책정하고 다음 날부터 출근하기로 약속했다. 대략 일주일 정도 출근해 보니, 회사 사정이 일반 골목길 구멍가게보다 훨씬 못했다. 사장은 직원들이 무슨 일을 하며, 작업 중인지 완료인지도 모르고, 직원들은 야간작업이라도 하고 나면 다음 날 아예, 그 시간만큼 늦게 출근하는 것이 당연한 줄 알고 있었다. 수리 의뢰를 받아놓고도 직원이 출근을 하지않아 거래처에 가지 못할 때는, 사장님은 직원들 탓만 했다. 한마디로 엉망이었다.

나의 평소 신념은, 좋으나 궂으나 한 회사에서 무조건 3년 머슴살이는 해야 하며, 잘나가는 회사를 퇴사 하는 것은 괜찮으나 망해가는 회사를 퇴사 하는 것은 용납할 수 없었다. 결과물에 대한 나의 책임도 크니까. 며칠 끙끙 앓다가 신 책임자님과 저녁 식사 자리를 가졌다. 나의 신념을 저버리고 퇴사를 하던지, 아예 회사를 하나부터 열까지 몽땅 바꿔야겠다고 말씀드렸더니, 자기는 나이도 많고 능력이 안 되니, 뜻대로 해 보라고 하셨다. 남은 자본금 500만 원에 연 매출 8,000만 원 뿐인 회사이지만, 회사의 잘못과 보완할 점, 직원들의 잘못과 보완할 점 등, A4 용지 3면에 빽빽이 적어 사장님 앞에 내밀고, 이대로 이행하면 흥할 것이며, 안 하면 6개월 내로 회사 문 닫을 것이라고 말했다. 고민을 거듭한 사장님은, "이때까지 살면서 나이 어린 사람으로부터 충고 들어보기는 평생에 처음이다."라고 말씀하시며, 거의 70% 정도 수용하셨다. 곧바로 나는 회사의 사규를 만들었다. 내용의 일부로는, 모든 작업자는 일일작업일지를 작성하여 매일 제출하며, 특근자에 한해서는 법대로는 못줘도, 시간당 2천원의 수당과 석식을 회사에서 제공하며, 지각 3회는 결근 1회로 간주하고, 결근 1일시에는 월급에서 3만 원을 감액시킨다. 직원 본인이나 가족의 생일에는 감사 편지와 함께, 케이크를 가족에게 보내 애사심을 키우는 등의 여러 내용들이었다.

　회사가 차츰 체계를 잡아갈 무렵 어느 날 아침 7시경, 출근을 위해 집 앞 버스정류소로 갔다. 삼영전자공업사 황사장님이 처제와 운전기사를 대동하고 기다리고 있었다. 활짝 웃으시며, 원하는 대로 해줄 테니 다시 삼영전자로 가자고 하셨다. 부산통신과의 약속을 저버릴 수 없다고 몇 번 거절 했으나, 약 한 달간 광안리에서 감천까지 이른 아침 출근 시간에 맞춰 수시로 찾아왔다. 황사장님 성격으로 봤을 때, 하루 이틀도 아니고 보통 일이 아님은 분명한데, 웬일일까 생각 했다. 황사장님의 사모님이 열렬한 불교 신자였는데, 스님으로부터 혹시 나에 대해서 뭔 특별한 애기를 듣지 않았나, 혼자 생각했다.

>

 그 후 회사는 제대로 돌아가나 일거리가 없어 난감하던 때, 작업 마치고 귀사하던 중, 우리나라 수산분야에서 둘째가라면 서러워할 동원산업의 공무감독님을 자갈치에서 우연히 만났다. 다짜고짜로 자기 따라 동명부두로 가자고 하셨다. 이유인즉, 우리나라 최초로 헬리콥터가 탑재된 중고 참치 선망을 미국에서 수입하였단다. 수리 후 곧 출항 예정인데, 우리나라에서 내로라하는 한신전자와 삼양무선에서 지금까지 수리를 했으나, 서울무선과 교신도 못하는 상태라 비상이라고 하셨다. 회사에 들어가서 사장님과 상의 후 연락드린다고 헤어졌다. "날고 기는 기술자들이 못 고친 것을, 내가 어찌 고치겠습니까만, 그래도 한번 가 봐야 예의가 아니겠냐며" 사장님께 말씀드리고, 공무감독님을 따라갔다. '코스타 데 마필'이라는 선명을 가진 배였다. 처음 보는 선박용 미국제 송신기를 나름 체크해 보니, 공중선과 동조가 안돼 출력관만 벌겋게 달아오를 뿐 송신기는 이상 없어 보였다. 공중선도 체크해 봤으나 별다른 이상 없었다. 별일이다 싶어, 송신기와 공중선을 연결하는 2m 정도의 동축케이블을 혹시나 싶어 바꿨더니, 송신기가 정상 작동되었다. 멀쩡하게 보이나, 오랜 사용으로 케이블 내부 고유 임피던스가 변한 것 같았다. 통신장이 곧바로 서울무선과 싱가포르무선국에 시험 교신을 했는데, 상태가 매우 양호했다. 그 일을 계기로 동원산업에서 많은 일거리를 몰아주어 이제는 직원이 모자랐다. 부산통신, 첫 번째 도약의 계기였다.

그쯤에 TV에서, 의료보험제도를 처음으로 실시하는데, 직원이 월급의 1.5%, 회사가 1.5%, 총 3%면 된다고 했다. 그 말을 들은 즉시 사장님께 의료보험에 가입하자고 했더니, "회사에 돈도 없는데 무슨 소리냐"며 화를 벌컥 냈다. 그래서 내가 묻기를, "내 월급이 얼마입니까" 물으니, "40만 원이지." 그럼 세무서에 얼마 신고 합니까? 물으니, "20만 원." 그럼 감

이 안 옵니까?" 물으니 말이 없었다. 그 시절 감세를
위해, 중소기업들은 보통 세무서에 이중적인 신고를
하는 것이 보편화되어 있었다. 즉, 직원에게서 받는
1.5%만으로도, 사장은 한 푼 내지 않고 의료보험을
들 수 있었다. 돈도 없는 회사가 직원들에게 의료보
험 들어줬다고, 몇몇 회사에서 항의 전화가 왔다는
말도 들었다. 그 의료보험 덕에 사원 추가모집이 용
이하였다.

동원산업 덕택에 회사의 살림이 그럭저럭 돌아가
고 있을 때, 오랫동안 사장님이 통신장으로 근무했
던 옛정으로, 쥐꼬리만 한 일거리를 주던 범양상선
통신감독이 찾아왔다. 미주노선을 운항하는 상선 한
척의 레이더가 고장인데, 한신전자의 일류 기술자들
이 고쳐봤으나, 스케나의 스로트가 불량이라 수리불
가라고 했다. 교체를 하려 해도 한 달이 지나야 일본
에서 들여올 수 있다고 했다. 하루 체선비가 200만
원씩 나간다고 하기에, 그럼 내가 고쳐주겠다고 했

다. 반신반의하는 눈치였다. 우리나라에서 아무도 스로트를 재생수리 한 사람은 없지만, 만들기도 하는데 까짓것 수리를 못하겠냐 싶어 오기를 부렸다. 만약 수리가 되면 한 푼도 깎지 말고 80만 원 받기로 감독과 약속했다. 스로트를 철거하여 회사에서 재질을 확인 해 보니, 전파가 자유로이 통과하는 유리섬유에 에폭시도료였다. 국제시장을 샅샅이 뒤져 필요한 재료를 구입했다. 스로트를 완전 분해하여 3일 만에 재생수리 완료 후, 3부두의 배에 설치하여 확인 해 보니, 32마일 거리의 대마도가 엄지손톱만 하게 또렷이 찍혔다. 대 성공이었다. 그때까지만 해도 레이더 스로트는 수리 불가 품목이었으나, 부산통신은 스로트 수리도 한다는 소문이 돌기 시작했다. 그 일 후로, 우리나라 최대의 현대상선과 쌍벽을 이루던, 범양상선의 많은 일들을 우리 회사가 맡았다. 부산통신, 두 번째 도약의 계기였다.

그리고 나의 또 다른 신념 중엔, 만약 내가 100만

원의 월급을 받는다면, 나로 인한 회사의 수입이 300만 원은 돼야 한다는 것이다. 100만 원은 나의 몫, 100만 원은 나를 뒷받침하는 사무실 직원 몫, 나머지 100만 원은 나를 고용한 사장님 몫이라고 생각했다. 한번은 범양상선의 요청으로 인천 연안부두에 갔다. 오고 가고 작업시간을 감안하면 약 3일 소요된다. 배에 올라 송신기를 살펴보니, 시가 500원짜리 부품 한 개가 불량이었다. 물론 오가는 교통비와 숙박비를 실비로 범양상선에서 계산은 해주나, 3일간의 임금은 어디서 찾나 싶었다. 고민 끝에 통신장을 불렀다. 사실대로 말하고, 보잘것없는 500원짜리 부속 하나 때문에 기술자를 불렀다는 것에, 통신 감독이 어떻게 당신을 평가할 것이며, 나 또한 깡그리 손해니 절충점을 찾자고 제안을 했다. 그리고 충분한 수리비를 청구할 수 있었다. 한마디로 애사심의 발로였다.

바쁜 나날을 보내던 어느 해 늦가을, 회사의 단체

야유회로 금정산성에 갔다. 술기운 거나한 사장님이 직원들에게, "다 들어줄 테니 건의할 것이 있으면 뭐든지 말하라"고 하셨다. 나는 입을 꾹 다물기로 작심했으나, 마지막에 나를 콕 집어 말해보라 했다. 듣기 좋은 소리가 아니라고 해도 굳이 말하라고 했다. 평소 마음속에서 염려하던 말을 꺼냈다. "우리 회사 총매출액의 80%를 범양상선이 차지하는데, 이건 매우 위험한 상황이니, 타 거래처를 뚫어 범양상선 총매출액이 60% 정도로 조정 할 필요가 있다."고 말했다. 그랬더니 화를 벌컥 내면서, "잘 되고 있는데 너는 지금 고춧가루 뿌리는 거냐!"며 노발대발했다. 그래서 내가, "만약 어느 날 범양상선이 갑자기 거래를 중단시키면 어쩔 거냐며" 옥신각신했다. 그 일이 있은 지 3개월쯤 지난 후, 정말 내 말처럼 되고 말았다. 범양상선이 법정관리 들어가면서, 독점 거래처인 우리 회사를 시범케이스로 거래 중지시켰다. 회사는 초상집 분위기였다. 며칠 후 아침 회의 시간에 사장님이 울먹이며, "박부장, 너는 머릿속에 영감이 들어

앉았나?" 하셨다. 대책 회의 중에 내가 또 불을 지르
는 말을 했다. "차라리 잘 됐다고, 일만 많아 바빴지,
차 떼고 포 떼고 남는 것이 별로였다고, 지금부터 방
송국, 해경, 항만청 등 닥치는 대로 일거리를 찾아보
자고." 말했다.

범양상선의 충격이 채 가시기도 전일 무렵, MBC
방송국 일로 영도 봉래산 철탑에 갔었다. 바로 위쪽
작은 철탑에, 어떤 작업자들이 있기에 찾아갔다. 부
일이동통신에서 초창기의 삐삐중계기 설치 작업을
하고 있었는데, 서울 기술자들이었다. 부일이동통신
감독에게 명함을 건네며, 서울에서 작업자를 부르면
제때 오지도 않을뿐더러 출장경비도 만만찮을 것인
데, 우리 회사와 거래하자고 말하고 왔다. 며칠 후,
부일이동통신에서 연락이 왔다. 회사 허가증을 비롯
한 필요한 서류를 지참하고, 부일이동통신으로 오라
고 했다. 그리고 삐삐중계기 설치에 동참하게 되었
다. 이때부터 부산통신, 제3의 도약이 시작됐다.

회사의 앞날에 희망이 보였고, 전 직원이 똘똘 뭉쳐 밤낮으로 다들 열심히 일했다. 그러던 어느 날, 심상찮은 느낌을 감지했다. 삐삐시대가 저물고 조만간 휴대폰 시대의 전쟁이 일어날 것 같았다. 작심하고, 하루는 사장님께 면담 신청을 했다. "기술자 쟁탈전이 벌어질 것 같으니, 입사 5년 이상 되는 직원들이 집을 사거나 땅을 살 때, 회사에서 2,000만 원을 지원해 주고, 받은 직원은 입사 10년까지는 퇴사하지 못하는 사규를 만들자" 했다. 사장님은 말도 안 되는 소리라며 펄쩍 뛰었다. 그래서 사장님께 말하길 "지금 내 월급이 280만 원인데, 내일 누가 당장 500만 원 준다면 가야할까요 말아야 할까요?"라고 말하니 대답을 못했다. 많은 직원이 일시에 집을 살리 만무하고, 1년에 1~2명 정도 될 것이며, 혜택을 보는 직원은 만일을 위해 법원 공증을 서자고 말했다. 예를 들어, 집값이 1억 원인데 회사에서 2,000만 원을 줬으니, 10년 이내에 퇴직 시, 퇴직 시점의

집값에서 구입 시의 지분 20%만큼 환수하는 법을 공증하자는 것이었다. 결국 사장님의 승낙 하에 직원들에게 공표하였으나, 직원들은 믿는 표정이 아니었다. 파격적인 법이 왜 만들어졌는지도 모르기 때문이다. 그때 당시 2,000만 원을 이자 높은 은행에 맡기면, 월 이자만 40만 원이 넘었다. 그해 연말경, 공교롭게도 내가 첫 번째로 2,000만 원을 받았고 공증을 받았다. 그때서야 직원들이 실감했다.

다음 해가 되자, 예상대로 각 통신사마다, 휴대폰 시장 선점을 위한 기지국설치공사 경쟁이 시작됐다. 우리는 017, 018부터 시작했으나 숙련된 기술과 척척 맞는 손발, 2,000만 원의 애사심 발동으로 모두가 밤낮을 거침없이 일했다. 한마디로 부산통신은 만사형통이며, 타 회사들은 납기 맞추기에 급급했다. 결국 011도 단골 고객이 되었으며, 상, 하를 막론하고 전 직원 단합의 결실이었다. 그러던 중 1998년 11월 업무 중 불의의 교통사고로, 운명적 만남이었던 (주)부산통신 이정부 사장님과 이별하였다. 나로 인한 3차례 도약의 발판으로, 퇴직 당시 회사의 연 매출은 대략 150억 원을 눈앞에 두고 있다고 들었다. 2년 6개월의 병원 생활을 끝내고 보니, 회사 상호가 대하정보기술로 바뀌고, 대표이사도 다른 분이었다. 연 매출 8천만 원에서 10여 년 만에 150억 원으로 성장시켰던 회사가 사라짐은 무척 아쉬웠다. 다친 이후 백수로 살지만, 산재보험을 들어준 회사 덕분에, 부족하나마 장해연금으로 땟거리는 굶지 않으니, 이것도 어쩌면 운명 아닐까? 크던 작던, 싫던 좋던, 누구나 운명적 만남으로 살아가는 세상, 어제나 내일보다 오늘이 중요한 것. 때론, 지난날의 아쉬움도 더러 있지만, 결코 미련이나 후회는 없다.

나의 할머니

　할머니 하면 먼저 떠오르는 것은, 속꼬쟁이 보이도록 뭘 넣고 들어 올려 움켜쥔 초라한 광목치마다. 이목구비 뚜렷한 얼굴에, 항상 단정하고 깔끔하게 찌른 비녀머리셨다. 그러고 보니, 머리 흐트러질까봐 머리에 이지 않고 항상 치마폭에 넣고 다니신 것 같다. 목소리도 크고 화끈한 성격이라 웬만한 남자 같았다. 세상에서 자기 자식이나 손자들만 최고로 여긴 분들 중 한 분이셨다. 산이나 들에 먹을 것이 보이면, 항상 치마폭에 싸서 가져오셨고, 상갓집이나 혼사 집에서도 꼭 뭘 가져오셨다. 봄, 가을, 연 2회씩 누에를 치셨는데, 파리똥 같은 알에서 조그맣고 까만 어린누에가 나왔다. 처음엔 뽕잎을 잘게 썰어서 먹이다, 좀 크면 뽕잎을 따서 먹이고, 다 크면 뽕나무가지채로 먹였다. 누에 칠 때는 하루에 3번씩 치마에 뽕잎을 따다 날랐다. 다 큰 누에가 뽕잎 먹을 때는, 마치 비 오는 소리처럼 들렸다. 누에고치가 다 여물면, 일부는 팔고 일부는 작은 솥단지에 끓여 물레로 명주실을 뽑았다. 간식거리 없던 시절, 옆에 쪼

그리고 앉아 따끈한 번데기를 건져 먹는 것은 별미
중의 별미였다.

　덕동마을의 할머니 친정 나들이 길에 가끔 따라다
녔다. 한번은 "여기가 왜 눈빠진골입니까?"라고 물으
니, "옛날 어떤 술취한 사람이 쓰러져 있었는데, 까마
귀가 눈을 파먹어서 눈빠진골로 불렀다"고 하셨다.
또 '배깨진굼턱은 어찌 된겁니까'라고 물으니, "큰 우
다시배가 바람에 밀려 깨어져서"라고 말씀하셨다. 우
다시배는 돛대가 3개인, 그 시대로서는 나무로 만든
큰 배이며, 풍력으로 움직이는 풍선이다. 어릴 때, 옹
기 팔려고 오는 것을 자주 봤다. 어쩌다 내가 상황에
맞지 않는 엉뚱한 행동이나 말을 하면, 나더러 세근
없다고 하셨다. 그게 뭐냐고 물어보면, "고성장에 가
면 파니까 사 먹으라" 하셨다. 한번은 날 보고, 어른
이 되면 많은 사람과 악수를 할 것인데, 손이 따뜻한
사람은 관계없으나, 손이 차가운 사람은 절대 돈을
빌려주지 말라고 하셨다. 왜냐고 물으니, 손이 차가

운 사람은 게을러서 내 돈을 안 갚아준다고 했다. 그 시절 할머니로부터 들은 말 중에는, "남해 사람은 생활력이 강해서 고춧가루 3말 먹고 물 밑 70리 간다"와 "고성 사람은 깍쟁이라서 앉은 자리 풀도 안 난다" 하셨다. 그리고 나의 앞날은, 주변에 돈은 많으나 모이지를 않고, 들어오는 족족 나간다고도 했다.

 안방구석 쪽에 신을 모시는 작은 법당을 만들어 놓고, 매월 초하루와 보름, 그리고 년 중 24절기 날에는, 새벽에 산지고랑창에서 목욕하시고 정한수를 법당에 올리곤 하셨다. 그래서 그런지, 눈이 아파 찾아오는 사람들에게 주문을 외우시며, 정한수로 눈을 씻어주셨고, 고뿔 걸린 사람들은 한 손엔 정한수, 한 손엔 칼을 들고 주문을 외우시며, 칼끝이 사르팍(대문) 쪽을 향할 때까지 반복해서 던지곤 하셨다. 병원이 없는 탓인지, 정말 잘 낫는지는 모르겠지만, 사람들이 자주 찾아왔다.

 〉

하루는 소 먹이러 갔다가, 친구 형 따라 이망먼당에 갔다 오니, 묶어 둔 소가 없어졌다. 큰일이다 싶어, 해질 때까지 소 찾아 산속을 헤맸지만 결국 못 찾았다. 야단맞을 일에 주눅 들어 집에 들어서니, 천둥 같은 아버지 고함 소리와 함께 장작개비가 내게 날아왔다. 어머니가 얼른 치마폭으로 감싸며 그 위기를 막아 주었다. 이유인즉, 할머니께서 산에 와 보니 소 먹이러 보낸 아이는 없고, 소가 나무에 묶여 마음대로 풀을 뜯지도 못하는데 화가 나서, 골이 쩌렁쩌렁 울리도록 소리 지르셨다고 했다. 소를 집에 끌고 온 후에도 할머니는 계속 화가 나 계셨다. 성격상 그러고도 남을 일이다. 논일하시든 아버지도 그 고함소리와 모든 것을 들으시고, 화가 나서 내가 오기만을 기다리셨다. 지금 와서 아버지 입장으로 생각해 보면, 잘못을 저지른 나 보다, 할머니 보시라고 일부러 장작개비를 던지신 것 같다.

할머니는 과격한 성격과는 다르게 인정이 많으셨

다. 모두가 가난한 시절이었는데, 누구 집에 양식이 떨어졌다 싶으면, 박바가지에 보리를 담아 주시며 나에게 심부름을 시켰다. 동네 사람이면 친척이든 아니든 큰어머니, 숙모로 불렀는데, 바가지를 들고 가서 드리면, 모두 반갑게 맞아주시며 고맙다고 전하라 하셨다. 괜히 내가 우쭐거려졌다. 고맙다고 전하란 말씀을 전해 드리면, 할머니는 가끔 혀를 껄껄 차시곤 했다. 할머니 따라 삼천포 갔을 때, 처음으로 당나귀가 끄는 말구루마를 봤고, 아이스케이끼란 것을 먹었다. 주로 할아버지가 잡은 마른 문어를 팔러 갔다. 어느 해, 장마가 일찍 와서 보리를 수확도 못 하고 썩혔다. 바로 보리흉년이었다. 그 뻘겋게 썩은 보리를 드시고 병나신 할아버지 돌아가실 때, 할머니가 같이 가자며 울고 애원하셨다. 할아버지는 3년 후에 오라고 하셨고, 정말 3년 뒤 추석날 아침에 돌아가신 할머니는, 내 이마에 작은 흉터가 있기에, 커서 면서기, 즉 요즘 말로 공무원이 될 것이라던 나의 할머니, 오래된 일인데도 가끔 보고 싶다.

낚시의 묘미

 통영, 사량도의 섬마을에 태어나, 초등학교를 다니기 전부터 할바시* 따라다니며 낚시를 배웠다. 아니, 현실도피 삼아 일부러 낚시를 다녔다는 것이 맞을 것이다. 유난히 고달팠던 시절이어서 그런지, 낚싯대만 잡고 있으면 모든 걱정거리는 사라지고, 마치 짙은 해무를 이불삼아 누워 있는 것처럼 몸과 마음이 편안하였다. 물때와 바람과 파도는 물론, 하루 중의 시간에 따라서도 손맛이 달랐고, 식구들의 밥상머리 반찬이 달랐다. 묘한 매력과 성취감에 빠져 사소한 물속 변화도 허투루 보지 않았다. 계절은 물론, 각 어종마다 사는 장소와 먹이가 다르고, 각자 먹이를 잡는 방법도 약간씩 달랐으며, 마치 내가 낚을 대상 어종 입장이라면, 이런 환경에서는 어떻게 먹이활동을 하겠는가, 또는 내가 대상 어종의 먹잇감이라면 어떤 곳을 좋아하겠는지, 곰곰이 생각하며 낚시를 하였다. 특히 볼락이나 문어 같은 어종들은 또래 친구들보다 월등히 잘 낚았다. 그러다보니 낚시는 항상 재미있었고, 무엇을 낚든지 최선을 다하려 노력

하였으며 낚시 자체를 그날 일이라고 생각했다.

　청년 시절, 부산에서 직장 다닐 때였다. 낙동강 줄기를 끼고, 나고 자라서 붕어낚시에 일가견이 있는 직장동료가, 나는 한 번도 낚아보지 않은 붕어낚시를 같이 가자고 하였다. 몇 번 따라다니던 어느 날, 번개늪이란 곳에 붕어낚시를 갔었다. 해 뜨기 전까지는 잘 물던 붕어가, 해 뜨고 난 후부터 입을 다물었다. 별의별 궁리 끝에, 며칠 전 영도 수산진흥원에서 물고기 종류별 먹이 먹는 포식음을 연구하던 것이 생각나서, 붕어도 포식음에 반응할까 생각하며, 조금 떨어진 친구에게 얘기했더니, 별짓을 한다며 놀렸다. 어차피 입질 없으니 밑져야 본전이라, 10미터 전방에 지렁이 끼운 낚싯대를 던져놓고, 아주 작은 돌멩이를 한 움큼 쥐고는, 발 앞 물지겁에 붕어무리가 먹이를 먹는 것같이, 돌멩이를 또독 똑 똑 던졌다. 한 움큼의 돌멩이가 2~30% 정도 남을 즈음에 정말로 입질이 들어왔으며, 몇 번을 더 실험하여도 그때마다 붕어 입질이 왔다. 그러자 친구가 실험을 멈추어 보라고 하여, 30분 정도 멈추었더니 입질이 전혀 없었고, 다시 돌멩이를 던지니 입질이 왔다. 그리하여 붕어도 포식음에 반응한다는 것을 알았다.

또 한 번은 친구와 이른 봄날, 낚시금지를 하기 전의 그 유명한 주남지에 붕어를 낚으러 갔었다. 역시 주남지도 해가 뜨니 붕어 입질이 끊겼다. 어떻게 해볼까 궁리 끝에 붕어도 모성애가 있을까? 하는 생각이 들었다. 친구보고 붕어의 모성애를 알아봐야겠다고 하니, 친구는 또 별짓을 한다며 나를 놀렸다. 묶음바늘에 지렁이를 끼워 찌를 뺀 채비를, 붕어가 산란할 것 같은 갈대 사이에 넣고는 위협적으로 아래위를 올렸다 내렸다 했더니, 바다 민장대 볼락 무는 것 같이 두두둑 하고 힘차게 붕어가 물었다. 손바닥 크기만 한 붕어를 순식간에 5마리 잡았다. 역시 붕어도 모성애는 강했다. 위협받는 알을 지키기 위해 싸울 무기라고는 입밖에 없으니 어쩌겠는가! 결국 입으로 물 수밖에 별 도리가 없었을 것이다.

　어느 날, 퇴근길에 낚시점 앞을 지나가게 되었다. 낚시점 창문에 큰 감성돔을 낚은 사진이 있어 낚시점으로 들어갔다. 이것저것 물어보니 주말마다 감성돔 낚으려 전남 어란으로 출조한다고 했다. 어릴 적 할바시에게 듣기로는, 감시는 하루에 천기를 열두 번 보기 때문에 낚기 어렵다고 했는데, 어떻게 낚는지 궁금해서 주말에 같이 가겠다고 했다. 남해안고속도로가 생기기 전의 일이라 어디가 어딘지도 모르면서 따라간 갯바위에는, 초저녁부터 비가 추적추적 내리고 있었다. 낚시점에서 대강 배운 대로, 민장대에 채비를 꾸려 크릴을 달아 받침대에 꽂아두고, 다음 장대에 채비를 하여 다가갔더니, 먼저 꽂아둔 장대가 물속에 처박혀 있었다. 묵직하게 끌려올 뿐 몸부림도 없는 낚싯바늘에 중치 급 감성돔이 달려있었다. 감성돔 입질이 왔는지도 몰랐으며, 얼마나 오래 몸부림을 쳤는지, 힘이 다 빠져 그냥 올라왔었다. 낚은 것이 아니라 주운 것 같은 느낌이었다. 그러나 감성돔을 잡았다는 것에 감격하여 고기 낚을 생각은 않고, 물이 고인 돌 틈에 감성돔을 넣어두고는 밤새 플래시 불을 비추며 행복한 밤을 보냈다. 그 후로 감성돔 낚시에 빠졌으며, 한 번 출조 비용이 식구들 한달 부식비와 같아 큰 고민에 쌓였다. 갈 때마다 낚는다는 보장이 없으므로, 어찌하면 헛방을 치지 않을까 고민하다가, 낮시간에 감성돔이 주로 활동하는 물속 지형 중의 하나인 작밭으로, 크릴미끼를 바늘에서 떨어지지 않게 던져 넣을 방법을 연구하게 되었다. 보통의 수중 지형으로는, 갯바위를 기점으로 대략 40미터 정도가 작밭이므로, 40미터 정도까지 크릴이 떨어지지 않게, 약 1년간 다대포에서 온갖 장대 및 봉돌을 이용해서 연습한 끝에 드디어 방법을 찾았다. 기대 반 우려 반의 두근거리는 가슴으로 금오도 직포의 굴등 밑으로 낚시 갔다. 새벽 2시 갯바위에 내려 해 뜰 때까지 6마리를 낚아놓고 주변을 둘러보니, 저만치 나와 똑같은 낚시방법으로 낚시하는 사람이 있었다. 이를 수가! 내 눈을 의심했다. 내가 1년 동안 연구한 방법인데, 어찌 된 일인지 영문을 몰라 유격훈련 못지않게 기를 쓰며 절벽을 타고 갔더니, 여수에서 온 노인 분이었고, 옛날부터 하던 낚시법이라고 했다. 무슨 낚시법이냐고 물었더니, 처넣기라고 했다. 낚시에 대한 나의 무식을 한탄했다. 그러나 채비방식은 나와 비슷했지만, 중요한 것은 참갯지렁이를 미끼로 쓰고 있었다. 감성돔 3마리를 낚았다고 했다. 나는 6마리를 낚았으니 역시 크릴 쓰는 내 방법이 통한다고 생각했다. 그리고 다음 출조에서 다른 갯바위로 갔는데, 그곳에서는 감성돔을 9마리 잡았다. 그 후로 출조 때마다, 오늘은 감성돔을 10마리 이상 잡을 것인가 이하로 잡을 것인가만 생각했고, 허탕 치는 날은 없었다. 최고로 많이 잡은 날은 38마리, 두 번째는 27마리였다. 22마리는 여러 번 잡았고, 어떤 날은, 대형버스로 같이 출조한 전체인원의 합친 마릿수보다, 내가 더 많이 잡은 날도 더러 있었다. 이런 결과물들이 그냥 만들어진 것은 아니다. 대상 어종의 생태적 습성을 비롯하여 계절별, 시간대별, 대상 어종의 먹이가 되는 것들에 대한 생태적 습성도 모두 알고 있어야만, 비로소 대상 어종을 낚을 자격을 갖추는 것이다. 예를 들어 감성돔을 낚고 싶다면, 지금 같은 계절의 자연생태에서, 감성돔이 낮에는 뭘 먹고 밤에는 어떤 것을 먹는지 확실히 알아야 할 뿐만 아니라, 그 먹이들은 과연 어떤 곳을 좋아하는지 알아야 감성돔을 만날 수 있다. 먹이가 있는 곳에 대상 어종이 있기 때문이다.

어류도감 및 그 어떤 책에서도 본적 없는 비밀 하나를 풀어내려 한다. 농어루어 낚시를 하다보면, 작은 씨알의 농어나 중치 급 볼락들이, 머리와 등지느러미 사이의 살점에 바늘이 걸려 오는 것을 종종 보는데, 낚시꾼들은 보통 교통사고 났다고 한다. 그러나 단순한 사고가 아니라, 한입에 먹기 버거운 먹이 사냥으로 말미암아 일어난 일이다. 농어나 볼락들은 주로 멸치나 작은 어류들을 즐겨 잡아먹지만, 먹이의 속도가 빠르거나, 한 입에 잡아먹기 버거운 크기의 먹잇감을 보면, 전속력으로 달려들며, 등지느러미를 곧추세워, 앞쪽 가시 3개를 이용하여 일단, 먹잇감을 쿡 찔러 비틀거리게 만든 다음, 다시 돌아와 머리 쪽부터 안전하게 삼킨다. 이와 같은 광경을 여러 번 신기하게 지켜보았으며, 나의 상상을 초월한 고기들의 재주에 감탄이 절로 나왔다. 대단한 생존기술이었으며, 여러 어류들의 생태적 습성을 하나씩 배워가는 재미로 지금도 낚시를 다닌다.

* 할바시: 할아버지의 통영 방언.